华文微经典

中国微型小说学会
世界华文微型小说研究会
主持

池莲子

在异国的月台上

四川出版集团 ≫ 四川文艺出版社

图书在版编目（CIP）数据

在异国的月台上 ／（荷）池莲子著 . -- 成都：四川
文艺出版社，2013.2
（华文微经典）
ISBN 978-7-5411-3653-5

Ⅰ . ①在… Ⅱ . ①池… Ⅲ . ①小小说－小说集－荷兰
－现代 Ⅳ . ① I563.45

中国版本图书馆 CIP 数据核字（2013）第 031589 号

华文微经典
HUAWEN WEI JINGDIAN
[世界华文微型小说经典]

在异国的月台上
ZAI YIGUO DE YUETAISHANG

[荷兰] 池莲子　著

选题策划	时上悦读
责任编辑	蒋东雪
封面设计	所以设计馆

出版发行	四川出版集团 四川文艺出版社
社　　址	四川省成都市槐树街 2 号
网　　址	www.scwys.com
电　　话	028-86259285（发行部）　　028-86259303（编辑部）
传　　真	028-86259306
读者服务	028-86259293

印　　刷	北京山华苑印刷有限责任公司
开　　本	650mm×920mm　1/16
印　　张	13
字　　数	120 千
版　　次	2013 年 4 月第一版
印　　次	2014 年 1 月第二次印刷
书　　号	ISBN 978-7-5411-3653-5
定　　价	35.00 元

华文微经典

作者简介

　　池莲子，原名池玉燕，荷兰华人女作家、诗人。1950年出生于浙江温州。1969年赴黑龙江生产建设兵团，后转插江南山村，执鞭任教，爱好文学、中医。1980年毕业于温州教师进修学院，并开始发表文学作品。1985年移居荷兰。已结集出版的文学作品有诗集《心船》《爬行的玫瑰》，小说散文集《风车下》，散文诗《花草集》,《池莲子短诗选》中英文版，列入"中外现代诗名家集萃"，获国际炎黄文化研究会颁发的第三届龙文化金奖(优秀诗集奖)。小说选篇，获上海"春兰杯文学作品奖"等。2011年出版双语版诗集《幽静的心口》。曾为中国散文诗学会会员、欧华国际学会会员"荷比卢华文写作会"创始人之一，海南诗社《海外文学》主笔等。现任荷兰"彩虹中西文化交流中心"主任、《南荷华雨》中荷双语小报主编,"池莲静疗保健中心"中医主任，及"世华作家交流协会"欧陆副秘书长。

前言

　　有人曾说，地不分东西南北，凡有人类生活的地方，就有华人的身影。话虽有玩笑的成分，但当前华人遍布世界各地，却也是不争的事实。扎根世界各地的炎黄子孙，他们的生活状况如何？他们的情感世界怎样？他们的所思所想何在？……要找到这些答案，阅读他们以母语写下的文字无疑是最好的方法之一。诚然，并不是有华人的地方就有华文创作，但在一些主要的国家和地区，华文创作几十上百年来一直薪火相传所结出的果实，显然也是令人瞩目的。遗憾的是，因为多种原因，国内的读者多年来对海外的华文创作了解甚少。尤其对广布世界各地的华文微型小说这一重要且具代表性的文体，更只是偶窥一斑而不见全貌。"华文微经典"丛书的出版，可谓弥补了这一缺憾。

　　海外的华文微型小说创作，主要分为东南亚和美澳日欧两大板块。两大板块中，又以东南亚的创作最为积极活跃，成果也更为突出。东南亚华文微型小说创作兴起于二十世纪八十年代初，各国在时间上又略有先后。最早开始有意识地从事微型小说的创作，并且有意识地对这一新文体进行探索、总结和研究，而且创作数量喜人、作品质量达到了一定艺术高度的，是新加坡和马来西亚；稍后于新加坡和马来西亚的是泰国，再后是菲律宾和文莱，再后是印度尼西亚。在发展过程中，各国的创作曾一度因具体的历史原因而存在较大的差距，但这一状况在近十年来正日益得到改善。

美澳日欧板块则因创作者相对分散，在力量的聚集上略逊于东南亚板块。不过网络的发展正在弥补这一缺憾，例如新移民作家利用网络平台对散居各地的创作进行整合，就已显现出聚合的成效。

新移民的创作是海外华文微型小说创作中近十多年来涌现出的一股新力量。尤其是近年来随着作家对当地文化和生活的日渐融入，其创作已日渐呈现出新视野，题材表现也开始渐渐与大陆生活经验拉开了距离，具有了海外写作的特质。

以上是对海外华文微型小说发展的一个简单梳理，而"华文微经典"丛书的出版，正是对这一梳理的具体呈现（为避免有遗珠之憾，丛书也将有别于中国内地写作的港澳地区的华文微型小说写作归入其中）。通过系统、全面、集中的出版，读者不仅可以得见世界范围内华文微型小说创作风姿多样的全貌，更可从中了解世界各地华人的文化与生活状况，感受他们浓郁的文化乡愁，体察他们坚实的社会良知，深入他们博大的人文关怀，触摸他们孜孜不懈的艺术追求。书籍的出版是为了文化和文明的传播与传承，我们希望这一套丛书能实现一些文化担当。我们有太长的时间忽略了对他们的关注，现在是校正这种偏差的时候了。这也正是丛书出版的意义和价值之所在吧。

目录

她出国之后

　　梁小姐未出国之前，是中国江南某县里的明星演员。当年出演《昭君出塞》，不仅迷住了台上的藩王，也迷住了台下多少风流才子。台上的昭君，台下的梁小姐也真做着"昭君出塞之梦"。她想把自己嫁到塞外（国外）去，成为富贵佳人。

　　一年前，一位西欧华人来国内相亲。据他自己说，他是一个拥有好几个中印尼餐馆的大老板。五个子女都各有一份家产（餐馆），只是老伴已故，要续个新娘做伴。看他的年龄五十岁左右。梁小姐听说这个消息，就立即托人一起找上门来。虽说她是第十个相亲的，可没想到一相而中。第二天，大老板即刻让人来定亲，第二个星期就要结婚。不到一个月，就立即办下了出国手续。这闪电式的"婚姻良缘"和"出国美梦"如此快速地出现在她的眼前，使她觉得人生的变化有时真是不可思议。

她出塞（出国）的愿望达成了。她成了大老板的新夫人。大老板添了这位新夫人像得了一块珍贵的美玉一样，相当地得意。头几个月里，不是带她去逛大商场，就是去寻友拜访。她觉得自己像乍到天堂的仙女似的，不由得飘飘然起来。时尚的金银首饰、昂贵时装，不费吹灰之力便携手而来。她来不及思索，这是一种什么样的生活。

　　半年多过去了。有一天，她忽然下意识地在镜子面前坐了很久很久。她竟发现自己这半年多来，并没有因为金银首饰和昂贵时装的打扮而显得年轻漂亮，脸上滋润的春光消失了，并显得有些憔悴，那披散在肩上的长发，像几缕凋零的花瓣，无精打采。她回想这半年多来的塞外（国外）生活：每天主要的起居是，除了跟随老板外出消遣之外，就是在家伺候老板。没有老板的许可，她不可以擅自走动，最远也不可以超越楼下——他小儿子的餐厅。半年多了，她不可以接触任何一个外来人，无论是中国人还是外国人……不知不觉地，她发现镜子里的人，泪如串珠似的散落下来……难道昭君当年也如此吗？她突然感到，人生也许就是演戏。她至今仍是一个演员，不过现在的她不在舞台上用个人艺术表演，而是一个被人家操纵、摆弄的木偶。

　　渐渐地，她感到生活的窒息和恐惧。在这个牢笼一样的环境里，唯一能够同情和理解她的就是他的小儿子。听他儿子说，他爸已是快七十的人了。

没有多久，大老板所居的这所餐馆失了大火。那时，大老板刚去了女儿家。从此，人们再也没有见到新老板娘和他的小儿子。有人说，他俩都被火蛇吞没了。谁知道呢。

天堂之路

一、飞机上

七十多岁的林仲堂先生，喜形于外地携着老伴宋芝英的手，双双踏上了去往"天堂"的"云彩"，准确地说，是乘坐了飞往西欧的飞机。

飞机起飞的那一刻，老两口一边紧握着座位扶手，一边十指交叉握在一起，闭上眼睛，好像心被掏出来抛上天空一样，那意味不敢想象……"这是去天堂的第一关"，林老想。几秒钟之后，飞机终于平稳地、穿云驾雾地漫游在天空上了。

惊奇地呆望了一阵窗外的云海之后，他转过头来问老伴："我说芝英啊，我俩现在乘坐飞机去西方不是做梦吧！"比他小八岁的老伴说："怎么是做梦呢！你是白天说梦话。

刚才，明明是三个儿子、四个女儿，连亲带戚地乘坐一辆大巴士到机场来送行的。只有我们的小女儿丽芳在西欧荷兰，我们这不正乘坐飞机到她那里去吗？""是的，是的，我相信这不是梦。这是实实在在地踏上天堂之路了。"他一边说，一边异常兴奋地像个孩子似的自言自语："瞧，外面的云彩一朵朵、一堆堆地从我们身边穿过，又一层层地往我们身后移去，坠去。呵，那房子，变成了鸽子笼、火柴盒……又像无数芝麻撒落在沙滩上……"直至肉眼不能视及。飞机在空中，他却觉得像在海上。因为那机身旁的云层，就跟大海上翻滚的波浪一模一样。只是飞机飞得挺稳的，不像大海波涛中驰航的海船那么让人折腾难受。

"哎，别老做白日梦了，你说说，我们那位未见过面的女婿，人品怎样？"这会儿该轮到他老伴做白日梦了。

"丽芳前年单独回来时不是介绍过了吗？外表很英俊，只是人老实一点，怕见生人，爱害羞，关键一点是……"不知为什么他没把关键的一点说出来。老伴又说："据说，他的生活和嗜好就是干活，干活，快四十了还不曾结过婚。但他很富有，单凭那一百多亩蔬菜地，在中国换算起来可了不得了。"

"这么说，他也算是个大富翁了，真难得啊，快四十了，还是个红花男子。"他说。"嘘，这个可就很难说了。听说，眼下西方人讲什么自由，四十多岁没结婚，不等于没交过女朋友。很多男人就不爱结婚而自由性爱，所以西方得艾滋病的人也越来越多。这是我在《侨乡报》上读到的。"她十分严肃而认真地说。

"不管怎样，我们小丽芳这会儿总算找到了一个能够落实她居留的男人了。而且，眼前又快要生他的孩子了。但愿是个男孩，那真是丁财两旺了。也就是说，丽芳出国的目的都达到了。照中国人的老话说是出士了。"他一边对他的老伴说，一边又自言自语地感叹道："天堂，那儿是天堂。"

"What would you drinken, coffee or thee？"一位航空小姐的送饮服务打断了他的遐想。林先生是教师科班出身的，幸亏还懂得"thee"（茶）这个单词。看到空中小姐推车上的琳琅满目的各种饮料，口里很想喝一杯橘子水，但橘子水这个词忘了。于是，只好顺口讲了一个 thee，并伸出两根指头，表示要两杯。空中小姐马上就明白了。他很得意，他几乎能和说英语的航空小姐对话了。可是，老伴说她要一杯纯橘子水，家里有的是茶。他无奈地对她说："你自己又不会讲，我要是不及时回答，不就出洋相了，凑合点吧，到了我们小丽芳家，那不就是你要啥有啥了。"

刚喝过茶，老伴就要上厕所了。"厕所"这个词又忘了，林先生立刻从衣兜里掏出一个小小本，那上面有三儿子请人翻译好了的几句日常用语。于是，他手里拿着小小本，领着老伴去找空中小姐，并将指头指在"厕所在哪里"这个句子上。空中小姐带她去了厕所。可是，她进去半个多小时了，还没出来，林先生奇怪了。他不安地又离开自己的座位，来到女厕门前，只听见敲门声，而不见人出来。"怎么回事，芝英，你为什么不出来！""我把门锁上开不了了。"她那焦急的声音，像是哭了似的。真见鬼，他嘟嘟囔囔地又去找空中小姐。指手画脚地比画着，空中小姐跟着他又来到女厕所前，才明白他的意思。她帮着打开门时，只见老伴急得满头大汗，像得了一场大病。

二、女儿家

十多个小时后，经过 8000 多公里的航行，终于到达了目的地。从机场内一道又一道通道，紧跟着航班的旅客，才顺利地来到海关出口处。通过绿色通道，他们已经闻到天堂的气息了。因为，不远处，他们的小女儿丽芳正在那里兴高采烈地向他们招手。机场外，停车场左边停着一辆八十年代生产的 Vollvo 小车。车门开了，出来一位高 1.8 米左右的外国男人，他不很热情地将手伸向丽芳的父母，表示欢迎。他叫贝力，也许是语言不通，他没说什么，只是红着脸，他帮他们将简单的行李放进后备厢，就上车启动车了。真是个地道的老实人，林老夫妇对视了一下，各自好像都领会，又好像不解地思索起来。他想，也许外国人对人不热情，对其岳父母就这样缺礼节少客套的；也许是第一次见面，难免有点腼腆，也许这就是所谓的中西文化的差别之处吧。她想，小丽芳怎么会找了个这样的老实人，这西欧男人太缺了，随便找一个中国人都比这老外强，至少能懂礼节讲人情。我那4个女婿，可是从来不曾如此怠慢过我们的。她皱起眉头，隐隐地为女儿不安，怪不得听说不少华侨不喜欢儿女们找老外当对象。她不由地轻轻地叹了一口气，而林先生正和女儿谈得很欢。她什么也没听见。突然，女儿推了她一下，"妈，您怎么了啦，坐飞机太辛苦了吧？""没，没什么……"她答。不多久，小车从高速公路转入一条不宽不窄的笔直村镇马路。两旁高耸的梧桐树像两排巨人，小车像驰进一条透风的隧道。几公里外，一架高矗的古老风车没有转动，但遥遥相迎，越来越近，风车闪过之后，正面是一座20世纪式的小教堂。小车在教堂前面绕了一个半圈，又拐进一条林边马路，林子的后面是一大片农地。农地上长满了一畦畦整齐的蒜苗，在这蒜苗地的尽头，有一套古旧的农舍，远远望去，就像几个开了盒，而又堆积在一起的火柴盒，住房、农具房、车房和一个像废墟一样的家禽牲畜房。这是人在车里远望的感觉印象。

"爸，妈，下车吧，家就在这儿。"丽芳招呼道。车到房前，林老夫妇又像进入电影里的古堡似的，怀着忐忑不安的心情探出车来。不料，首先映入眼帘的是一片园中之园。果树、花圃、草坪，一看就知道是有人精心管理的。这儿近似世外桃源。于是他又想到，他已经确确实实行走在"天堂"的路上了。"爸，先进屋吧。林园日后慢慢欣赏。"这是一座一百平方米的两层农舍。从地面到屋顶尖不过三十五米。瓦背上的"1882年"黑底红字隐约可见。而农舍的四墙全爬满了"爬山虎"之类的青藤植物，漏不出一块砖迹之痕。而后盖的车房等就与此形成了鲜明的对比。农舍内，一个厨房，一个大客厅，隔着一条走廊便是两间套房。那尖顶的阁楼上，却隔了大小不同的七八个房间。当年这家主人有十六个孩子，七女九男。人们信奉上帝，周末人们唯一的去处就是教堂。教堂里，那神圣的牧师以上帝的名义说道，谁家妇女多生孩子，谁家子民就多得上帝福音。而上帝并没有给这家子民赐福。其结果这家十六个孩子，三个夭折，两个是先天性的残疾。其中严重的一个，自三岁起就被送进残疾养育院，父母可以每月探望一两次。另一个就是贝力，贝力有先天性轻微耳聋，所以对周围事物的反应比较迟钝，因此从小就有不自觉的自卑感，不爱见生人，也不喜欢交朋友。到三十岁了，上商店时还常扯着母亲的衣角，像个孩子似的，更不用说去电影院，首都阿姆斯特丹在哪个方向也不太清楚，反正没去过。后来，慢慢地学会能自己去商场购物了。但他有一个众所周知的习惯，不管买什么东西，他总是拣最便宜的买，假若没有最便宜的需用之物，他宁可不用也不买。冬天的水果，四五荷兰盾一公斤，他就摇摇头嫌贵，等大减价时再买。那件毛衣八十盾，太贵了，到二手货市场去买吧，那儿只有几盾一件。二十多年来，他哪儿也没去过。幸亏读完了小学，还能识字看报，几年前还学会了开车。这对他来说，简直就是奇迹。后来学会了父亲手把手教他的那一套农活，而且多少年如一日。二十多年来，也就凭着他省吃俭用，总算勉强把父辛那一百多亩农地（半买半赠受）地继承了过来，不过至今仍有百分之七十是银行贷款。但他对自己的现实是十分满足的。

丽芳的父母要到荷兰来探亲旅游，这对贝力来说，简直是不可思议的。主观上，他是不可能同意的，因为他和丽芳结合还不到两年，其中还分过一次手。后来在一个餐馆中打工，她被警察抓住了，又不得不叫他去担保，从此就又回到他的身边。不久她竟怀了身孕。得此消息，他是惊喜如狂，他从来没想到他还会生孩子的。看得出，他是实心实意地爱她的。可提起她父母来此探亲……他从来没想到过。他们能自己买得起机票吗？中国人已经富有得可以轻易出国旅游了？不敢想象。那么来此探亲期间的费用谁负责？等等，等等。他感到压力很大，简直不可能，后来经丽芳再三劝说："只要你在那份担保书上签个字，就好了。其他的费用，你一分也不用花，到时你还能得到很多珍贵的礼物呢。"他听了，朦朦胧胧的，像喝了一壶酒似的，便在那上头签了字。

林老夫妇被带到从前十几个孩子住的阁楼。如今这阁楼被重新翻整了一番，也算是一厅三个房间，外加厨房盥洗室。林先生一进入这个环境就感到，这就是西方的生活——清雅别致。女儿带他们来到特地为老人们布置的房间；他往那类似中国五星级宾馆那样的床被上一坐，心想，"总算到天堂上来了"。

几个星期过去了，女儿带他们去观光了几座大城市，游览了名胜古迹。而对他们来说，印象最深刻的却只有两点：一是公共汽车、火车站，这里的人们秩序井然，从不见争先恐后。商店里，超级市场上，自由选择，自动付款，真是文明之至。二是这儿的市容清洁、整齐；人们居住的小区，处处是前花园后草坪的，十分幽雅恬静。而至于他们的女婿，几个星期里搭不上一句话，习惯成了自然。因为语言不通，他们也只能这样来安慰自己了。

三、难产

4月的荷兰，本应是枝头抽芯、大地回春的美好季节，而今年的冬娘娘却始终拖着灰蒙蒙的寒裳，迟迟不愿离去，以至那闻名世界的一年一度的"皇家农园"，也因寒气未消，而延迟开放两个星期。正准备无论如何要赶赴那难得一见的"郁金花展"的时刻，丽芳难产了。去医院以前，她只觉得有一点点疼痛。来医院后，十几个小时里，疼痛没觉得加剧，而只觉得肚子里的婴儿在往上爬，其头部不断地顶着母亲的胃部，使得她剧烈地呕吐，并觉得这婴儿随时都可能从喉咙里钻出来似的……以前，她听人家说，生孩子虽说是"山崩地裂"，但只不过是一阵子，过了那阵子"难关"就是母子相会在天堂了。20多个小时过去了，她已感到筋疲力尽，但那所谓的"难关"仍没有过去，她几乎进入昏迷的梦里。她梦见出国偷越泰国国境线时，差点滑入百丈深渊的峡谷的情景。片刻间，她正跟在贝力后面，走在那条他们第一次偶然相遇的路上。那一天，她从公车上下来，要去一个叫"亚洲楼"的中餐馆面试。可是，附近却不见一家中餐馆，迎面过来一位中年男人。于是，她上前就问："哪儿是亚洲酒楼，先生？""噢，那我知道，跟我来吧！"他就是贝力。原来，他常给这家中餐馆送葱蒜，于是就主动为她带路。她的第一感觉是，他为人老实、诚恳，他的外表高大、帅气，蓝眼睛、黄头发。他在她当时的眼里，是一个独具一格的美男子。就这样他们认识了。那阵子，她刚来工作的新餐馆，比她原来辞工的那个餐馆工作更繁重。这是一个家庭式的中小餐馆，老板娘可算是一位典型的东方传统的贤妻良母。她要管理六十个座位的餐厅，又要帮助丈夫料理各种事务，还有四个十岁以下的孩子。丽芳一来，不仅晚上做招待服务，工作到夜间一两点钟，白天除了餐馆的卫生工作外，那四个孩子的琐事等也全都落到她的身上了。几天下来，她就觉得自己腰酸背疼，有时身子躺在床上真不想再起来。还不到三个星期呢，似乎难以坚持下去了，但又别无他路，她偷偷地伤心落泪。可怜她在家时，虽谈不上生活富裕，却也是父母身边最小的娇女儿，她感到一种从来没有过的孤独。她需要一种依靠，这种依靠也许只有女人最易感受到，尤其在异国他乡这无亲无戚的地方。那一个休息天，贝力红着脸来请她去喝咖啡，当时她的荷兰话只能应附几句餐馆实用语。可是，一个月以后，她就提着她那随身可带的行李搬到他的农舍里去了。

手术室里，四十五分钟以后，一个又红又大的男婴儿终于被安全地捧了出来。医生和护士一个个分别与激动得说不出话来的贝力握手贺喜，又一个个与正在手术室外默默地等待而揪心的外公外婆握手贺喜。只有产妇因为产前过于辛苦，医生说她还需几十小时的酣睡才能醒来。

一个星期后，婴儿和产妇因一切都很正常而出院，皆大欢喜。小天使一天比一天可爱，他的母亲也眼看一天比一天结实起来。

四、离去

"瞧，这孩子，真是出生在天堂啊！"有一天，林先生非常感慨地对老伴说："喂的是洋奶，母亲不过于辛苦，用的是现成的高级尿布。回去后，你得赶快将你那些收藏了多年的旧尿布给扔了。你听说过没有，这儿生孩子住院都不需要自己花钱。真是天堂的天堂了。"

又是一个星期以后，也许是当时过于紧张，过度担心，或许是过于激动，林先生的尿道病又复发了。刚上完厕所，又立刻要解手。尤其夜里，五六次起来上厕所都不止，甚至出现小便带血了。几天下去，气色变了，人也明显消瘦下去了。他担心的事终于发生了，他从中国随身带出的药物也用光了。记得当时他的大儿子曾顺口说过一句话："爸，您不必带那么多药了。万一不行，就请他们带您去那里看医生，顺便就在那个超高级现代化的设备环境下全部检查一下，既放心又保险。"于是，林先生就鼓起勇气将大儿子的话原原本本地说了一遍。丽芳当然立刻明白父亲的言下之意，但她十分忧心的是，父母旅游的日子即将到期……突然，她眉毛一皱计上心来，也好，让他去医院检查一下，如果真有病，还可以请医生开个证明书，警察局就会给延期了。她的主意算是定了。

但问题是，林老夫妇这次出国旅游，丽芳只是买了飞机票，没买医疗保险等。如果去医院看病治疗，全部得自费。这点林老可不知道，女儿也不好意思跟他解释，只希望尽力而为，尽尽女儿之孝心吧。她想，只要可能，她愿变卖手头的一切金银首饰，并取出存折上的一点存款。而贝力一听，像遭遇地震似的，先是愣了好半天，好不容易想明白之后，就坚决反对。因为他还知道，他们出来旅游的一切担保书上是他签的名。那就是说，他们在此旅游期间，除了正常的费用之外，万一有什么意外或医疗费用的话，无疑全部都需他负责。为了这事，两口子闷声闷气地吵了好几场嘴，丽芳为此还偷偷地哭过好几场。而林先生老两口，听不懂他们在讨论什么，只以为他们正在为他的事而商讨办法。其实，除了医院的费用之外，林先生去看病的话，还得请一个翻译（每小时六十盾，算便宜的），因为女儿手术后还不满一个月，不能陪他。能干的女儿又说通了她的一位荷兰话很不错的朋友陪父亲去医院。泌尿科的医生给他拍了十几张片子，进行了系统性的膀胱冲洗……验查结果：膀胱里有一肿块，可以动手术，也可以用药物慢慢治疗。而林先生本人要求动手术，院方同意，但必须先支付全疗程的一半医疗费，就是十五万盾。缴完费，下星期三就做手术。

第二个星期去医院时，那位翻译转告他："没有人能为您支付那笔手术费。院方已拒绝了。"那位翻译后来还告诉他："贝力还不是您的真正女婿，他仅仅是您女儿的一个同居男友。在荷兰，他们根本没有义务，也承担不起你在此的有关医疗费用。"林先生听了此话后，脸色慢慢地变白了。知道这个真相以后，他决定立即回国。第三天，他们接到了警察的离境通知书。

回国的那一天，贝力因农忙没去送行。丽芳请了一位朋友开车送他们去机场。临上飞机时，丽芳哽咽着流眼泪，瞒着贝力递给父亲三千荷盾，让他回国后好好治疗。

回国后，众邻舍们都带着各种羡慕的眼光，赞赏他们养了个出色的好女儿，真是好福气啊！可是，不久后的一个深夜里，丽芳接到母亲从中国打来的长途电话，只听见她上声不接下声地说："今早你爸爸——真正踏——上天堂之路了……"

小芳出嫁了

　　说是嫁了，其实谈不上个"嫁"字。中国人传统的"嫁"字必须有"抬花轿、拜天地"等仪式，即使是现代化的婚礼，也需要有嫁妆什么的。她没有，什么也没有，但她还是嫁了，嫁得那么远，嫁到一个历史文化、风土人情、语言完全不同的国家。

　　浓眉大眼的小芳，此时正恍然惶惑地坐在那刚刚清扫过的、宁静的、西方的、不很古旧的农舍里。农舍已有八十多年的历史，坐落在一大片绿油油的土地上，远远望去像一块绿地毯上的火柴盒，农舍前面是一大片大葱地，农舍后面是一片水草丰盛的牧牛场，那儿有几百头奶牛，它们正伏着、立着、互相追逐着……一派生机勃勃。可是，据说在第二次世界大战时期，这所农舍的前后还几乎全是浸水的洼地。那时候的农舍主人穷得连鞋都穿不上，一年到头只穿着自己做的木鞋（荷兰人称"Klompen"），马立斯是这所农舍的第三代主人。如今，他五十过了头，拥有两千亩地，三百多头奶牛、输奶机、喂牛器、拖拉机、播种机、收割机等，样样齐全，唯一缺的就是老婆。

小芳和马立斯是在一家小中餐馆认识的，无巧不成书，那阵子，他常去餐馆送大葱，她正在那里打工，洗杯子、倒酒水。几次见面，彼此眉来眼去，都有点莫名其妙的感觉。餐馆老板娘是个机灵的人，便为他们牵了线。

她的荷兰话虽然很蹩脚，但手比脚画的，还行得通。那一天，十分疲倦的她还躺在床上，因为是休息，她想借此认真地、仔细地思考一下："我是中国内地一个普通大学的高材生，琴棋书画，样样都会点。由于各种原因，他对自己在家乡的前途感到失望，甚至觉得做一个中国人好憋气。为什么，洋人在几个世纪里几乎总是样样都走在前头！到底洋人有什么人类绝招。"

"咚、咚、咚"，餐馆楼下突然有人敲门。这么早，是谁呢？（一般餐馆上午十一点三十分开门至夜晚一点三十分打烊）她的睡房正是大门的上方，有人敲门便是她第一个听见。她小心地探出头来，啊！原来是马立斯。他见楼上有动静，抬起头正是他要找的小芳："芳小姐，让我们一起去喝杯咖啡，好吗？"他边说边做手势。小芳明白他的意思，在楼上点了点头。

就这样，他们在一家很阔绰的咖啡馆里喝了 koffie。他告诉她，他经营着一大片土地。言下之意，他是一个很富有的农场主。于是，在她的心灵上开始产生一种侥幸的爱慕之感。

第二次，他带她一起去逛商场，他为她挑选了一件漂亮的连衣裙，她感觉到他在追求她。

第三次，他带她到他经营的农场里去，看到了那一切，也觉得挺新鲜。

打那以后，不知一起出去过几次，三个月后，他们就决定住在一起了。她把自己嫁到这所农舍里来了。

近些年来，中外通婚的事例越来越多，但能结成美满婚姻的却很少。小芳觉得不妨也试一试，因为小芳认为：第一，通过这种方式得到异国居留证较可靠；第二，中外混血的子女将更聪明漂亮；第三，要真正体验一下洋人之所以走在人类前头的绝招是什么？

至今，他们生活在一起已经一年多了，她尝试的目的应该如何？

她的居留证拿到了，不过还是临时的。她没有怀孕，据说，他对有无孩子无所谓，因为他太忙了，两千多亩地、三百多头奶牛，全由他一个人来管理和调节，虽然全部机械、电力、自动化，但必须每天十几个小时埋头于这些工作之中，几十年如一日，他从没度过一个完整的假期。他所去的地方最远不超过五十公里，他起床常常用不着洗脸，睡觉用不着刷牙，一年三百六十五天，穿的几乎是同样的工作服。她简直不能相信他竟是如此生活的。

有一个夏天，她从他的衣柜里发现一件崭新的而发了黄的衬衣，那商标上的年号是"1983"。当时，她拿着那件衬衣愣了许久、许久……难道这就是洋人之所以走在人类前头的标志吗？

在异国的月台上

　　他徘徊，踌躇。他伤心过，激怒过，甚至沉沦过。仍一切不知所处，像一个失去正常知觉的怪人。

　　一年多来的"旅欧"生活，咸酸苦辣都尝过，而没有甜过……他长吁短叹地抽了一口烟，回味着。他去过警察局，坐过牢；也去过比利时，也到过法国。在他的印象感觉中，这个自由的花花世界里，应有尽有。高速公路不足为奇，红灯楼，Casino（超级赌场）也不过如此。唯一令人偶而可以肃然起敬的，只有那高耸的教堂和古老的风车。是的，生活在这样的环境里，几乎全凭自我意识和自我要求去安排自己的生活，并适应一切。而他却感到莫大的委屈……

　　此刻，他正坐在荷兰某大城市火车站的月台上。等车去哪儿却未确定。因为，在近两个月的时间里，这是他第六次辞工了。知道他的人，已不愿意帮他找工作了，他自己也有点不好意思再托人找工作了。荷兰的中国人绝大多数从事的是餐馆业，餐馆工作到处都一样。时间长，工作量粗细连贯，没完没了。繁忙紧张，就餐时间连气都不敢大喘。他曾不止一次地后悔，不该冒这"出国时髦"的风头。其实，当时的他对"出不出国"也无所谓，并不像某些人那样有非出国不可的念头。他只是认为出国很时髦，而且从那些道听途说的人们言中得知，好像"出国"是当今唯一的"拾金""发财""出运"的途径，像他这样年近三十的大小伙子，既无正式职业，又无妻室可牵挂，他母亲认为，如有机会出国的话，一定会因"出运"而飞黄腾达的……两年前，他那移居荷兰的姨妈带夫婿回家省亲，他母亲便抓着这"良机"不放，三天两头在妹妹面前泣声哀求："好妹妹，你无论如何要想办法带我的儿子出国呀，我们愿意不惜任何代价……"妹妹知道姐姐家的情况，姐夫是南城一带有点名气的"万元户"，几年来，经营了一个个体小工厂，自己当老板，收入很可观，家中什么也不缺，生活条件几乎可以与西方媲美了。所以妹妹再三诚意劝说："姐姐，像你这种生活条件，最好不要出国，要知道，出国难，谋生更难。在国外做工很辛苦，再加上语言不通，文化习俗、风土人情全不一样，文化歧视，无居留证歧视，种族歧视等，这一切的一切，并非每一个人都可以适应。"姐姐对妹妹所说的这番话，当作取笑他人的耳边风，甚至认为妹妹在吓唬人，不足以相信。

不久，在姐姐的再三恳求下，妹妹看在同胞手足的情分上，费了九牛二虎之力，终于为她姐姐的儿子找到了一个出国的机会……这就是那个正坐在火车站月台上彷徨的他。

他至今不明白，他为什么要远离故乡，到这块一切都很陌生的国土上来？为了钱吗？不是的，他家里根本不需要他的钱。爸爸还在继续当那个小老板。只是年岁大了点，各方面都有点不如以前了。找对象吗？这里岂有可能！？哪家的姑娘愿找一个吃不了苦，做不了厨工，又没有居留证的流浪汉？

想当年在家乡时，还有几个漂亮的姑娘围着我，他这么想，不知她们哪位是真正爱过我？爱我什么呢？个子高、人长得帅？爱我有个富有的爸爸？爱我那崭新的四层洋房？那也不全属于我。我还有三个兄弟。那爱我什么呢？总不会爱我整天东游西逛，什么也不干吧？！对了，也许是爱我有个华侨阿姨，说不定有朝一日将她也带到这块陌生的国土上来……真神经了！他这么想着想着，突然从牙缝里恶狠狠地骂了一句，接着又喃喃自语地说："出国，出国，早知道如此，我才不出国呢！"

火车一列一列地离去，又一列一列地到达。而只有他仍坐在那张漏风的长椅上，时钟敲过十二响，他好像在睡梦中受惊似的，猛然若有所失地自言自语道："太晚了，太晚了，我该回家了……唔……我的家在哪儿？……在中国……我要回中国，我要回中国！"……他终于站起来，离开那张长椅，又本能地摸了摸口袋里的烟盒，空空的，一支不剩了。烟瘾促使他又本能地摸了摸另一个口袋，这才发现他母亲寄来的信，几经辗转到他手里，仍还没拆看。

　　新儿：

　　　　每次收到你的来信，总让我们既欣喜又不安。欣喜的是你已在国外，将来可称"归国华侨"，我们都是侨眷了。不安的是，你说工作吃不消，身体坚持不了。要克服！无论如何不能回国！否则，我们将被世人耻笑而无地自容……求求你，绝——不——能——回——国！！！

怎么办？他又瘫坐在那张漏风长椅上……

异国镜子

　　列车上，她独自一个人坐在一个角落里，显得十分疲惫。在运行的列车摇晃中，她从那精致的"Make up"小盒子里取出一面小镜子，左右照了一下，轻轻地叹息了一声，春风未尽情，熬煞丽人影。自我取笑了一番，又带着忧郁的神情，注视着镜子里的那个自己，白里带黄的脸上，仍浮着昨晚餐馆工作的疲惫之态。于是，她的目光从镜子移向窗外，浮想联翩……

　　听说，最近警方对无居留证查得很严，上星期在 DC 车站，要不是 Boben 在场，我差点被警察怀疑而带进拘留所。这是她此刻唯一的安慰。她来荷兰还不到一年，已认识了一位荷兰的男子，高高的个子，丰耸的鼻梁，当时在她看来，不管从哪个角度望他，都觉得漂亮。假如有朝一日带着一位外国的郎君回国省亲，不把国人羡慕死了才怪呢。尤其是她出来时，那个镇上的一个相命先生说，林小姐出国，不当老板娘，也要嫁个富洋人。她觉得他相得真准，几乎印证了。

记得自来荷兰后，每天从早上十点开始，在餐厅里收拾、打扫、冲洗厕所、至晚迎客、上菜、算账等，一直到夜间一点才收工。这工作虽不重，但太乏，每天像个几千米竞走的运动员，在一个没有目标的行道上匆匆竞走……给人一种无聊、单调、腻味的感觉！

有几张在富丽堂皇餐厅里所拍相片，寄回家里，姐妹们来信，说她真有福气，难以想象几乎在几日之间就突然变成了国内姑娘们难以攀上的"公关"小姐。看了那些回信，她禁不住偷偷地躺在被窝里抽泣了好一阵。

她伤心，痛苦，孤独，寂寞；她疲倦，恍惚……那些日子，不是把菜上错就是把账算错，弄得老板伙计都不欢心。于是，她曾暗暗发誓，绝不嫁给中国人，不要一辈子开餐馆，一辈子做这种没完没了的工作。她要嫁给一个外国人，既然来外国了，就要过一种真正的外国人的生活……而且更重要的是，要尽快结婚，早日成为一个合法居民，这种躲躲闪闪、常常提心吊胆的生活实在不是滋味！

那是一个狂风暴雨的夜晚，十一点，餐馆正要打烊时，却进来一位荷兰男子，披着水淋淋的风衣。

"晚上好。"

"晚上好。"

"一杯啤酒。"

"一杯啤酒，请。"

她殷勤地斟了一杯又一杯，连斟了十几杯……

他走后，她对着他座位一方墙上的那幅国画出了神……好像是一对鸭子嬉水在湖中，"月光情侣"……那一夜，她做了一场美梦，她带着她的外国情侣回国观光，受到乡亲们万般热情的接待，四方羡慕，垂涎……

从那天开始，她发现那位男子常常来此饮酒，偶尔也点上一两个"中国菜"，而且每次结账时，总是多几个小费。她呢，不知不觉一次比一次热情了，常常还有一种莫名其妙的感觉，似乎有一股热流在血液里流动。一天晚上，也是那么晚，他喝得不醉不醒，召她来结账时，突然大胆地握紧她的小手。"你愿和我一起出去走走吗？"他问。她用生硬的荷语回答说："……可以啊，什么时候？……我星期一休息……"

就这样，她与Bobeo认识了，交往十分密切。他带她去公园、湖边、树林，他告诉她，他虽然是近五十的人了，还不曾结婚，有过几个女朋友，可是都属于假期性，他称她们为"假期性的鸟儿"，假期一过，她们就飞走了。他说他现在希望结婚，向往东方女性的温柔、娴静、贤德……"你明白我的意思吗？"他问。"是的，是的。"她答。其实，她似懂非懂，而表现出一副很温柔的姿态。于是，他将她一把拉过来抱在怀里，随坐在公园的长椅上，热狠狠地吻着她，抚摸她，她觉得怪不好意思的，因为，树荫道上有的是来回走动的行人。而他不在乎，双手捧着她的脸蛋，并且追问："你愿做我的太太吗？假如你愿意，我们马上去登记……"还讲些什么，她记不清了，结婚登记的事，她记得很清楚，她点点头，表示十分愿意。

可是，那话讲过多少次了，半年过去了，他们仍还没有结婚，只是两相情愿地同居过一阵子。那一阵子，她辞去了餐馆疲乏的工作，真正过起外国人的生活来了。不到一个月，这种"正宗"的西方生活，跟她想象的完全不一样。她开始感觉，这种生活并没有比餐馆的生活有趣多少。于是她怀疑她是否真正决定跟 Boben 结婚。

她还只有二十三岁。二十三岁的女子，还有许多人生的美梦要做。而 Boben 已经快五十了。

三年前，一次小车祸撞伤了他的左腿。从此，政府同意他提早领取退休金。于是，几年来，他每天和一只名叫 Dana 的黑猩猩生活在一起。他的起居规律是：

上午九点起床，喝咖啡，看报纸（全是免费报）；

十点带 Dana 去散步；

十一点去商店（每周两次）；

十二点午餐（面包、牛奶）；

十三点带 Dana 去散步；

十四点钓鱼；

十八点晚餐（土豆、牛排）；

十九点带 Dana 去散步；

二十点看电视（抽烟）；

二十二点上床。

（每周末，二十三点上咖啡馆，消磨时间，经常通宵）

经过几个星期的生活，她开始有点清醒，但失望。她万万没有想到，这就是所谓外国人的文明、富裕的生活。她感到了一种过去从未有过的、说不清楚的、难于启齿的失落感！……

列车上的她，从列车员婉转的广播声中惊醒，虚叹了一口气，重新拿起那面镜子照了照自己。突然，她觉得镜子里头的女子并非自己。

列车靠站了，月台上正站着 Boben 和他的 Dana，她站起来，转了个身子，目光凝聚成一个不动点。恍惚中，她似乎正准备下车，而列车又已启动了……

小天使的梦

小丽莎今天特别高兴。因为，再过两天，她企盼已久的心愿——爸爸、妈妈真正结婚的日子，就要到了。

说起来令人难堪不解。小丽莎今年六岁了，但还不曾见过她的爸爸。听哥哥尼科说，他们的爸爸中等个头，棕黄的肤色；最令人难忘的是，鼻子下那一撇八字胡，看起来精神而结实。也不知道爸爸妈妈当时是怎样相处相爱的，生下了尼科和丽莎，却一直没有结婚。

九岁的尼科，从外公外婆那里零零碎碎地得知，妈妈跟爸爸相爱之前，曾经结过一次婚。那时候，她还很年轻，只有十八岁。那个男人是她实习单位的同事。可他们结婚不到一年，那个男的就又有了新欢……不久就离了婚。从此以后，她再也不想"结婚"这个词了。

几年后，外公外婆带着他们唯一的女儿舒非亚（即丽莎、尼科的妈妈），去马来西亚度暑假。在那里，她认识了一位能说一口流利英语的青年侍员阿雄。那以后，他们彼此鸿雁来往。就这样，她两次申请他来荷兰度假，而彼此都一直不提"结婚"这个词。

今年，是他们相识的第十年。一个月前，妈妈舒非亚突然拿着爸爸阿雄的来信，欢心落泪，又沉闷积郁。外婆见了问："怎么回事？他答应了吗？"她沉默无言地将那封信递给外婆。只见那信上写着："亲爱的舒非亚，我是多么希望早日来到你和孩子们的身边啊，这是我日夜渴望以求的！可是，目前我仍不能擅自离去，而弃下我那双目失明的老母。假如我只身离去，也许她的生命也将就此结束了……这是我一直不愿告诉你的事，请原谅，亲爱的……"外婆看完那封信后，简直是受了震动。她带着似乎不可相信而又十分激动的神情说："当今的世界上竟还有如此孝敬长辈的青年人，真是罕见而可贵至极呀！"接着，她朝着女儿认真地说："舒非亚，别再犹豫、踌躇了。毫无疑问，只要你们结婚的日期一定下，我们就立即申请，将他们母子一起接来……就这样，就这样。孩子，定下了！"

亲爱的读者，你可以想象，此刻的小丽莎和尼科的小心灵是多么的不寻常啊。再过两天，再过两天，他们不仅就要见到亲爱的爸爸，而且还要见到从不知道，也不曾相识的祖母呢。

激动的夜晚，天真可爱的小丽莎进入了从未有过的梦乡。她梦见了爸爸和祖母；梦见了爸爸和妈妈终于在 S.PIETER 教堂里举行婚礼，她和哥哥就是婚礼上随行赐福的白衣天使。

亲吻

　　现代的西方人，亲吻的范围扩大了。除了人跟人之外，还跟猫、狗，甚至鸟亲吻。邻居托马斯家以前的那只小狗米拉娜，一见熟人来了，等你一坐下，它就会过来跟你亲吻。也就是在你的脸腮亲舔一下，你不习惯也没办法。而且，你还必须要还礼，即使不回吻它，也至少要在它的身上安抚一下。否则，它会朝着你叫个不停，或缠绕着你不离开。

　　托马斯是个单身汉，冶金锻工，五十开外，性情爽朗，爱喝酒。除此之外，他结过两次婚。据他自己说，也许是他不适合结婚，但又说不清为什么，他的第一个女人（妻子），他常这样称呼，和他一起养了三个孩子（他们十九岁就结婚了）。等孩子们长大，一个个走出家门，一年也来不了几次。从此，她就开始感到寂寞，甚至无聊得没事可干，只是整天抱着那只小猫亲吻，还给它制作衣服等。每当她为猫忙碌时，他就只好对酒当歌了。这也无妨，眼下在西欧为动物服务也时兴。不幸的是，突然有一天那小猫失踪了。第二天，发现它在不远的水沟道边被汽车轧死了，轧得模糊成酱……而她见此情景，回来后就歇斯底里似的闹了好几天。后来，又给她买了一只类似的小猫，她疼爱得终日抱在怀里，还说自己是猫奶奶……总之，这种情形维持了不久，一时好一时坏，被送进了精神病院。不久他也耐不住寂寞和她离了婚。尽管如此，头几年里，他还免不了要去看看她。但也是忽好忽坏。最后一次去看她时，她正一手抱着一个洋娃娃，另一手抱着一只猫娃娃得意地沉浸在睡梦里。回来以后，他的酒量更大了，三个孩子偶尔回来探望他，就劝他再娶。

不久，他又娶了一位女人（也是离过婚的，并带来两个不到十岁的孩子）。他是一个在经济上不抠门的男人，只要是那女人需要的，他总会尽量办到，甚至对她的两个孩子所要花的钱也毫不吝啬。而那两个孩子，自从到此居住以来，从不叫他爸或叔，一概叫名字。连这一点，他也不计较。只是这个新来的女人，除了两个孩子以外，还有一只小花狗。就是上面提到的那只米拉娜。她每天除了操劳规律性的一日三餐和孩子们的洗刷料理之外，最重要的附带"工作"就是带她的小狗出去散步，每天五六次，每次至少半个小时。其次，就是对着电视机抽烟或看广告报纸。

然后就听她诉说"今天 HEMA（一超级市场）大减价，明天 T 城大甩卖……"一类的消息，因为那是她最喜欢去的地方。她说，在那些地方常常可以买到减价的，或甩卖的、价廉物美的好东西。这是她的生活乐趣或可以说是爱好。假如没有这些地方可去的话，她就抱着她的小狗亲吻起来了。"哦，上帝啊！"有时，他一见到她那情景，就会情不自禁地暗自感叹，而浮想联翩……而房前房后的那一片草坪和花园，因无主人光顾，已长成了茅草荒野。于是，他又怀恋和思念起他的第一个女人以及在她精神还健康时那四季如春的花园和草坪。

这种生活维持了不到三年，他又和这个新的女人离了婚。

现在他突然想到，一个人，如果结发的夫妻不能白头偕老的话，后补者如意就难了。人已到中年，不准备再结婚了。瞧，他的生活开始变了，首先他把家里所有的猫具、狗具（在西方猫狗使用的什具都很贵），全送给了邻居朋友们的小孩们，并在他现在的冶锻大工厂里挪出了一块四十平方米的场地，建了一个室内咖啡厅。而他的冶锻场又正好面对公路，凡经过这儿的人，需喝一杯咖啡提神或解渴的话，一律免费，这样一来到此喝咖啡的人越来越多。白天，他忙着干他的专业。晚间，总有不少新老朋友来与他交谈或娱乐，即使他大门不出，仍知世界大事。而最近，他还特置了一台康乐球桌，供人娱乐。从此，他的生活不再寂寞和无聊了。

戒烟

丽娜和若勃结婚快十年了，还没有孩子。近期他们计划了一下，"我们还是要一个孩子吧。"

这是他们新近才决定的。那么我俩第一件最重要的事就是要"戒烟"！他们就这样说好了，一起戒烟。他为了她，或许是为他们彼此，将住了十几年的房子前前后后、里里外外地刷新了一遍，换了新地毯，甚至车房小仓库都换上了新衣。听说，女人怀孕心情要好，环境要舒适，除此之外还要注意饮食，经常出去散步等。可是她是这一带远近闻名的理发师，高挑的个子，一头自然的金卷发。遗憾的是常常变色（她似乎有意在给自己打广告，经常染发），西方人当今时兴东方人的黑头发，或者红头发。可以说她对自己的发型很讲究，所以生意很红火。但她最大的嗜好就是抽烟，没来客人之前，她必得抽一支，然后嘴里放上一块口香糖，免得客人闻到烟草味，这是她的习惯。

若勃对这次的戒烟实在是郑重其事，自从那天讲定后就再也没有抽过一支烟了。那天他们是一起把家里所有的烟具及打火机，尤其是若勃，连把那个从罗马带来的十分精致的打火机都一起给扔了，而且每天还特别细心地照顾丽娜。

　　那是一个周末的上午，夫妇俩正在餐厅里用早餐，突然闻到一股十分强烈的烟味儿，接着从小仓库的方向腾起一缕灰烟，于是他们赶紧跑过去，原来是仓库起火了。那火蛇已冲向仓库的小窗，小窗的左边就是车库。在这紧急时刻，只见若勃冷静、机灵地拿起设在库外的灭火器，对着火蛇扑了过去。几分钟后，火灭了，仓库内外一片狼藉，这时候的若勃才惊呆了似的，挠着头，在思索寻找起火的原因。而只见丽娜站在另一个角落默默地抽泣落泪。

　　原来，丽娜在他们戒烟的第二个星期又熬不住，瞒着若勃偷偷地抽起烟来。每天早上，她就偷偷地起来，悄悄地摸到楼下的小仓库里，对着那扇小窗口，吧嗒吧嗒地抽起来。今天早上也是如此，没想到，还不到一支烟的工夫，她突然听到若勃在叫她。一紧张，不知不觉将烟头往那儿一扔，就赶紧到餐厅里去了。

　　她哭泣，她实在是对不起若勃；她哭泣，这场火灾是她一手造成的。假如那灭火器不在附近，后果简直不堪设想啊！

　　从此，她再也不想抽烟了。

市长驾到

几个星期前，突然接到市政厅的电话，说："W市长三周后要到你们'中西文化交流中心'做客。"口气十分友好客气，并定了具体的日期。

一般人都会很自然地赶到。市长到来，那可是非同小事一件，得好好琢磨，如何认真接待啊。

那以后的几个星期里，中心的理事们连着开了几个大小不同的会议，安排如何接待，如何布置，谁在大门外接车，谁在大门内接，谁准备咖啡、饮料、点心，等等。尤其是那几位接车和接待的，伸手弯腰的还模拟过几次，免得到时过于紧张而出洋相。

4月11日星期一下午，中心的人提前两小时就到了，快到两点的时候，大家还真的有点紧张。接车的那位站在大路旁，踮着脚抬头远望，哪一辆是市长的大轿车！？门内的那位也有点焦急不安，总不时往外探头，突然电话铃响了：

"市长已经出门，可能晚半小时到。"大家稍稍松了一口气，又紧张起来。咖啡、点心早就准备好了，幸亏咖啡冲在热瓶里，点心都是干点和水果。

正当大家都急躁不安地往大路那边眺望时，大门外的门铃响了。没想到按铃的，正是我们要迎接的市长！

她是一位中等个头的中年女士，穿着一套整齐的女式西装，带着一个小公文包。你知道吗，她是怎么到来的？连接车的、接待的各位都没有看到。

原来，她是自己一个人骑着自行车来的！

她给大家第一个最深刻的印象是很朴实，很平易近人。尤其在当今车辆过多、空气污染过甚的社会环境里，W市长为我们做出了一个最好的榜样！更没有市长的官架子！

那一个下午，中心的人员和市长出乎意料地进行了一次促膝交谈，满桌的中国茶点，她无不一一品尝，表示她对中国文化的尊敬与接纳，实在令人难忘！

上海旗袍

　　我有一个不是阿姨的阿姨，我称她为"薇丽阿姨"。她今年已九十五岁。除了走远路有点不方便之外，其他的都还很正常。饮食起居都能自我料理，尤其是她的精神及思维还可与五六十岁的中年人相比。

　　在我们银婚的宴会上，我的薇丽阿姨谈吐幽雅，穿戴十分讲究，她个子不高，但仍显得雍容华贵。在那个热闹非凡的晚宴上，不时地有人过来问我：这位老人是谁？她是你的亲戚吗？

　　她是印荷混血印尼人，她的人生经历可以写一本书，我暂且不说。她原是我的病人，但她的荷兰丈夫年前已去世，也没有子女。但她生活很有活力，从未被常情所谓的"孤独"所压倒。因为她有不少爱好和不同的朋友。她曾是本地区很活跃的网球明星；她会绘画，曾画了不少有水平的油画和水粉画；在她九十寿辰的宴会上拍卖，把所得的收入全捐献给印尼因贫困而未能上学的孩子们。在她上了年纪的岁月里，她还常在她的居所给人按摩，尤其是那些老年朋友们。我很敬重她的才能和品行，并常常主动帮她解除老年风痛或肠胃不舒等。所以我称她为我的薇丽阿姨，她称我"东方小燕子"。时间过得很快，好像一转眼，我们结识已经七八年了。在我们这次银婚晚会上，她格外亲热地对我说："你我都是东方人，每次一听到你的声音，一叫到你的名字，我就会有一种回归的感觉，你是我众多朋友中，唯一的东方人啊！"

她语重心长地说着，紧紧地握着我的手不放。我从她微微闪亮的深情的眼神里，明白她的表白。但是，在我们银婚晚会后的第三个周末，我很用心地想到"薇丽阿姨"生日快到了，不知是在何处举行。于是在堆满"银婚贺卡"的盒子里找到了一张她的生日邀请卡（那晚在她的贺卡里还夹着一张邀请卡，我先生忘了拿出另放）。糟糕！她的卡片上写着"9月15日在莫莫咖啡馆"，而我记得是9月25日。日期已过！

我后悔自己的粗心，被那晚会忙得昏了头脑，太对不住她了。我赶紧给她去了电话，她在电话的那一边像得了重病似的，有气无力地喃喃地说："晚了，晚了，孩子。都已经过去了，你们到哪儿去啦？那天下午，我眼睁睁地盼望你们的到来，直至晚间朋友们都回去了，仍不见你们的人影。"她的声音带着点点嘶哑，我感到心中隐隐作痛。我立即向她请求："我们错了，没有理由的错！给我一个机会，给我一个机会吧，我的薇丽阿姨！"我苦苦地哀求，给我一个机会，我们要来看你，或请您出去吃顿中国饭。我还说，我近期还要到中国去一趟，也许是我的真诚最后打动了她，于是她开口说了："那就为我带一件中国的，像你在银婚晚会上穿的那种款式 Shang Hai Dress（上海旗袍），要蓝色的，我将在未来寿尽时穿它！"

女人要学会打扮

多罗蒂是我的病人，在这之前她得过乳腺癌。其实她是一个很幸运的女人，有两个女儿，一个十岁、一个八岁，丈夫也挺爱她。唯一使她偶尔感到抑郁的事是，自从有了两个孩子以后，她一直在家，没参加工作，看看镜子，觉得自己近几年来老得很快，不到四十岁已经皱纹纵横了，她不时地感到自卑而伤心。前段时期，她参加了一个老同学聚会，她发现那几位至今尚未结婚的女同学显得特别年轻，应该说打扮得很年轻。有几位和她相似的，也当妈妈的女同学也显得比自己年轻得多。

一周后，她来到我的诊所问我："结了婚的女人，是否更应该打扮自己？"我很惊讶，她怎么突然提出这样的问题。我思索了一下，对她说："其实女人爱美，这是天性，是好事。男人也一样。作为一个女人，天生爱美这是一种特有的幸福和权利。这种美不是光为了让别人看，更不是为了招惹男人，假如有那种想法或看法，只能算是过于俗气而已。作为一个心理和生理都很健康的女人，你首先要懂得爱自己，学会打扮自己，欣赏自己的美！这才是一种非常务实的健康心态。当然，每一个人打扮的角度不一样，你得根据自己的气质、身份、爱好来打扮自己。比如，你曾是位教师，那么你就最好别打扮得像摇滚乐的歌星，而且，你还得看在什么场合。"这时候，她还在化疗的最后阶段。

从那以后，她真的开始很注意打扮自己了，又开始给自己增添新衣，也特别注意每天的饮食起居；她有点气血亏虚，因而带点肥胖；每天早餐一个小鸡蛋，正餐后吃点生黄瓜和西红柿（放少许盐巴和糖）。几周下来，大便很通畅，睡眠也正常了。打那以后，她很在意每天去照镜子，觉得自己一天比一天精神了。就这样，每天除了例行的家务工作外，她又开始去夜大进修电脑、当代信息等。除此之外，还报名参加了附近中西文化交流中心的太极班学练太极保健，她的生活又开始充满了生机。

半年后，在一次偶然的邂逅中，我简直认不出她来了。她显得比以前年轻得多了。同时她告诉我，经最后一次医院检查报告，她的癌细胞基本消除了，更重要的是，她已找到一份"小学老师"的理想工作。

洋娃娃

蒂妮丝和马克同居整整十二年，但一直还住在马克父母的家里。他们从十六岁开始相爱，据说是在一个青少年咖啡馆里认识的（在荷兰几乎每一个城镇都设有青少年咖啡馆）。一年后他们就开始同居了。马克的父母没有女儿，见到马克有了女朋友，别说有多高兴，每每见他们双双牵手搂肩地回来，面包、牛奶、三明治，还有他俩最爱吃的水果等，摆满桌等着他们去享用。

因为恋爱了，两位都在中学毕业就找了一份工作。虽然有了收入，但还一直住在家里（在西方，一般青年人一旦有了经济收入，就会选择自住，只要满十八岁就可以向政府申请房子，而他俩却依旧住在父母身边）。生活在这样的家里，就像住四星级宾馆似的，什么事都不必操心，顺手取之，随手扔之。时间过得太快，转眼间十年过去了，这回当家长的有点沉不住气了。

有一天，马克的妈妈问："你们打算什么时候结婚啊？"两位彼此相望了一下，耸耸肩没说话。当父母的不好意思天天问此事。可是，转眼间又是一年过去了。有一天用晚餐的时候，那位不太多言的父亲这回说话了："我说，你们俩在一起已经十多年了，也应该找个房子，成个家了吧？！"他们还是不吱声。父亲又说："最近，我找到一套两房一厅的二层房，在出售，不新不旧，价格也可以，根据你们俩十来年的积蓄，再加点贷款，应该没问题。我们希望你们应该有一个属于自己的家，是时候了，不能再等了。"两位似乎听出了父亲的口气，两人又相望了几下，离开了饭桌。

　　一个星期后，他们跟着父亲去看了房子；一个月后他们在父亲的帮助下，通过银行贷款，办妥了一切有关手续，房子买下了。

　　父亲是个勤劳能干的多面手，房子虽买下，但此房已一年多没住人，需要打扫装修，至少还得花半年时间不可。既然买下了，当父亲的不关心此事谁关心呢？于是，父亲就利用每天收工后和周末的时间，来打扫装修这栋小洋房。为儿子的事，哪个父亲不高兴，这是无私的奉献啊。半年后，一栋崭新的洋房装修好了，里里外外，还有前后的大小花园。

　　就在那年圣诞节前夕，他俩终于搬进了属于他们自己的房子，但他们还没有计划结婚。

　　就这样，他俩还置办了全新的家具，为了增加家庭的气氛还买了几个大小不同的洋娃娃。

又是一年过去了，又是一个圣诞的前夕，马克说："我们应该去买一棵圣诞树，还有灯花什么的。"蒂妮丝没说话，她自从搬到这所属于他们自己的这个家后，似乎没有真正地高兴过。就在那个圣诞节的晚上，她对马克说："对不起，马克，我已经不爱你了……"

爱吃泥土的女人

她是位巴西人，名叫玛丽娜。其实是正宗的荷兰人，不，她自己也说不清楚……

她说，五十年前（正是第二次世界大战结束的时候），她父母从荷兰移居巴西，在那块南美洲广阔的天地里，开垦自己的家园。五年后生了她，在她之前，还有两个姐姐。

"那是一块棕红色的土地，我们的家园就坐落在离费欧勒达河与姆伯布乐尼河交叉的不远的河流上。这两条河交叉共流几公里却不相混的奇观，就像巴西人的神魂之体现。即各种民族集中在一起，各得以保留其独特的文化风俗，在那无量的自然之中，自然而豪迈的个性中，蔓延着，交融着，生活着。

"那是一块棕红色的土地，我们的居住房屋是一幢全由木头构成的房子，四周是田园，后面不远处是一片著名的雨林森林。我们吃的食物几乎都是自己田园里种出来的东西。

连鸡鸭鱼肉都是'自产'的，还有苹果、橙子、梨等，都可以从树上直接摘下来食用。

"十八岁那年，刚从中学毕业。那时正是父母移居巴西二十五年之后，他们决定带我返回荷兰，接受西方的高等教育。没想到，这一住就是二十多年，我在这里成家立业，有一个爱我的丈夫和两个孩子，一男一女，他们就是马迪乐和荷丽。眼看他们一天天长大，而我的身体却是一年不如一年。近几年里，我得了一种病，没治的病，说不清楚的病。我找遍了各地的医生，他们都说我发神经，没得治，于是我陷入了无尽的痛苦之中……"

她苦苦地诉说着，她的气色十分灰暗。

当玛丽娜来我的诊所求医时，我望着她那饥渴而无奈的神情，听着她的述说。我说我知道你得的是什么病，"我很理解你，你是思乡成疾，这是一种难以名状的痛苦呀"。没等我说完，她已经泪流满面。于是，她抽搐着说："我很想吃泥土，就是那些红色的巴西泥土。每次只要有人从巴西来，我一定会让他帮我捎一些巴西的红色泥土……"

三个爸爸

那天下午，中医诊所的门已经开了。进来一位神情憔悴的中青年妇女，手拉着一位六岁左右的女孩。女孩扭捏着不愿进来，嘴里在不断地嘟囔着："我没病，我没病！"

她们来自阿姆斯特丹。大家都知道阿姆斯特丹是荷兰的首都，堪称世界一流大都市。凡到阿姆斯特丹来的国际人士，除了要参观伦勃朗和凡·高的艺术博物馆外，还有两道世界上几乎独一无二的"风景"，那就是红灯区（站在橱窗里可以让人观赏的妓女），其次就是中心街附近的星罗棋布的、大大小小的、可以吸毒的咖啡馆，之外还有令人注目的国际火车站口沿街的五花八门的乞客。有人说，这就是阿姆斯特丹宽容、自由的象征与特点。

再说这母女俩，在医生的安排下来到就诊室。

医生问："谁看病？"母亲（指着孩子答）："她！"同时那孩子说："我没病！"经过望闻问切四道关之后，医生又问："她的主要问题出在哪里，你知道吗？"母答："老师说她注意力不集中，自我控制能力不强，好动。"医生说："这不能算是病，有点营养不良。"医生又问："她有爱好吗？比如说，音乐啊，画画，跳舞。"母答："好像对跳舞挺感兴趣。""那你带她去学跳舞了吗？"医生又问。"没时间。"她答。她还说，她自己在一家超级市场，每天工作量很大；平时孩子上下学，都是她现任男朋友接送……说到最后，声音里带着哑气，也许她也感到内疚，没继续说下去，转身到卫生间去了。于是医生问那孩子："你爸爸怎样？他常常带你出去玩吗？"

只见那孩子惊讶、幼稚地反问："你说的是哪个爸爸？我有三个爸爸。"

原来，她的亲生父亲是和她妈妈在咖啡馆认识的。

那时，她是那家咖啡馆的服务员，上午十一点刚开门，就进来一位高个子、穿戴不很整齐的年轻人。他顺势坐在靠窗的一张桌子上，打了一个手势，要一杯咖啡。她给他斟了咖啡，他还要了些什么，她热情地和他搭讪了一会儿。从那以后，他成了这儿的常客。原来，他是阿姆斯特丹自由大学（VU）大三的学生，前周他的父亲突然去世（原是某市府的一位文员），母亲也病退在家，这给他打击很大，所以他常来这解闷。慢慢地，她对他产生了同情，而他在她身上找到了点点的温暖和寄托，就这样他们恋爱了。当时又正赶上暑假期，咖啡馆也正缺人手，于是他被招为周末的帮手。不久她怀孕了，第二年他们有了上面那位说自己没病的女孩。第三年，他毕业了，在本地找不到专业对口的工作；于是他决定到非洲去考察，从此一去不返，偶尔能收到他的一两张明信片。

她的第二任爸爸，是她妈妈的一位老同学，那是在一次同学聚会上又联系起来的。

自那次聚会后，他常来电话，在咖啡馆工作的她觉得很不方便，就应征到一个超级市场去打工了。而他是位供销员，常常出差没有固定的工作时间，他们同居了一段时间后，以不欢而散而告终。

而现在的第三位爸爸，原是位难民营里的避难者，经人介绍总算与这位母亲结了婚，并有了正式的居留证。他一时还没有找到工作，就帮她在家关照孩子。所以到现在为止，这孩子还搞不清楚，谁算是她真正的爸爸，在这种年龄她还不需要知道，反正"我有三个爸爸"。

我从来不嫉妒

　　我的名字叫玛丽，从来不爱嫉妒。说实在的，我还很看不起那些个老跟着丈夫屁股转的女人；说得难听点，上赌场跟着，甚至上厕所也在外头等着，就怕他跟其他女人跑了似的。

　　我丈夫是个公务员，除了每天上班外，他还有个大爱好——写作。不时地在不同的报刊上发表文章，我常为他感到自豪，因为我们从相爱到结婚已经近二十年了，我们的大女儿都已经十八岁了。我自信我对他很了解。他每周有几个晚上要打网球，毫无疑问，他打他的网球，我做我的家务。他经常周末与几个朋友骑自行车，早出晚归，我也不在乎。我总觉得，夫妻之间最大的信任，就是应该给彼此一些空间。因此他越忙，我越自知之明地不去打搅他，给他更多的时间，望他写出更多、更好的东西。最近一段时间，他一回家就马上进他的电脑房，而且还常常在电脑前打通宵，我更是疼他，每每给他烹调好吃的给他滋补身体。

我工作在家，有一个卖工艺品的店铺，每月的账目也都是他给做的。我还真的很感激他呢。上周他要去布鲁塞尔开会一个星期，我的账房来电话，说是有一份账单不很清楚，最好在自家电脑里再查看一下。这回他不在家，我只好自己打开电脑去查看了。

　　当我打开电脑，在网络上寻找时，无意中我突然发现在他的massage里出现了几个陌生女人的名字和在CHAT（类似QQ）上的留言。有关某晚的，起初我简直不敢相信，或许是他的创作对象，或意想。原来，他们彼此的对话很长，每次对话后还常有留言预约；某月某日某时，在某地再碰面，而且不止一个。当时的我只觉得一股热血冲上脑门，我一下子躺倒在他的工作室电脑前，是14岁的儿子听到摔倒的声音推门进来，把我从地上扶了起来，那晚我像个无辜受重伤的病人住进了医院。大女儿给他去了电话，催他马上动身返回。

　　第二天，我神志已经很清楚了，但医生还不让我出院。躺在四周灰白的病房里，我思绪联翩，假如他这次回来跪在我床前说："我保证从今往后不会再有此类之事了。"我会相信吗？

　　"原谅我吧，亲爱的，你是我最好的妻子，我不能没有你！"我能原谅他吗？

　　原来，没有嫉妒的女人，常常会被嫉妒和愚昧所伤害。

时髦的家庭

　　那天下午，七岁的西明和八岁的玛拉放学回来时，噘着嘴对着妈妈说："你和爸爸怎么不离婚呢？太老套了，我们班32个同学已有20个爸妈都离婚了，连我们的老师米兰达也离过两次婚了。这才叫时髦呢。"这时当爸爸的正从内屋出来，听见了此话，简直不敢相信这话会从自己孩子的嘴里说出来。不会听错吧？他不自信地追问了一遍："你们在胡说什么？再讲一遍。""你们为什么不离婚？""啪"的一声，他情不自禁地伸手一巴掌打在离他近点的女儿玛拉的脸上。"哇哇……"女儿连哭带闹地跑到妈妈身边，拉着妈妈的衣襟还闹着说："和他离婚吧，找一个不会打人的爸爸。"他当场气得像漏了气的气球，瘫在了沙发上。

　　那天夜里，夫妻俩还因白天发生的那件事睡不着觉。

　　妻子说："不管怎么，你也不能动手打她呀，那只是孩子话而已。"

丈夫说："这些话可不是从孩子口里出来的，这两个孩子都是你给宠的。"

妻："你这话怎么讲的，难道是我教他们讲的不成？"

夫："不管怎样，这孩子越学越坏了。"

妻："你还是先管管你自己吧，你已经快三年没找到工作了。在家待着，只要你放下架子，总有工可做的呀。也许是孩子们看到了，正常的爸爸是不会在家待着的。"

这话可是真正刺到了他的心病之处，比那白天的话更令人伤心，难以接受。他没有想到，他妻子的话如此直截了当，但他也自卑，她说的是事实。

他曾经是一个大公司的职员，整天穿西装打领带，坐在办公室的电脑前，发发信息，偶尔也还可指手画脚摆弄他人。近年来经济不景气，大公司大批员工被解雇，因此他也保不住他的办公桌回了家。这一晃快三年了。他想再找类似原来的工作，无奈比他年轻的大学生有的是，老板不会再找他这种工薪要比新来的大学生高一半的老龄雇员。他去找低层一点的工，不是打扫卫生，就是到农场里去帮忙，他曾硬着头皮去了一两天，不是农场主辞掉他，就是他自己觉得吃不消，所以一直到现在，他仍很茫然，不知去向。

从这以后，他打心眼里开始注意和计较妻子说的话。一句不中听的话，两口子就会联串着拌嘴。

妻说："这个周末，你带着孩子们去我爸的农场帮忙打跶，那边正需要人呢。"

夫："你家的事，最好你带孩子，或是我们一起去。"

妻："我今天下午还有几个客人（她是个家庭理发师，美容员）。"

说句老实话，近两年来，家庭的主要开销，还是靠妻子美容、理发的收入来维持的。

这回妻子听了这话，真的动气了。

妻说："好吧，那么看来，咱们唯一的出路就是离婚了。孩子们说得对，我俩不离婚真是太老套了。"

他没再说什么。那一夜，夫妻俩都没有睡觉，翻来覆去，一直到天亮。

新来的邻居

　　桑德拉独身已经多年了。现住在这条街上也已快八年了。左邻右舍的人都知道她很喜欢侍弄房前那块不到十平方米的小花园。每年春天，她那块小花园里就会一天比一天自然而然地热闹起来；尤其是花园中央的红玫瑰、月季花，经她细心地修剪后，总是含苞怒放，散发着独特的清香。

　　周围的各种型色的郁金香，更是不怕初春的寒霜，一个个顶出土来，那羞答答的小百合也不例外。只有那墙边的各种小草们，把那一人多高的松树（即每年一次的圣诞树）围成一圈，主人没有拔掉它，而将它们剪修得十分整齐，这又是一道小小的风景。

　　还有那只灰黑参差的小猫，是一只很懂人性的小动物，也是桑德拉每天生活唯一的小伙伴，几乎相依为命。她去商店购物时，有时猫的食物用品比她自己的还多、还贵呢。她的工作是附近一个医院的护理员，她对病人很用心，犹如自家亲友。所以，每一个曾受过她护理的人对她都很有好感。

近期她听对面的邻居说，她家对面那间空着的房子过几天就要来新邻居了。他们是一对夫妇，还有一个五岁的孩子。她为此而很高兴。

一个星期后，周末下午，那位新邻居搬家的车到了。为了迎接新来的邻居，她和居委会的左邻右舍一起，在那新邻居的房前挂上了"欢迎来此居住"的横幅，并摆出一大盆花卉。这是荷兰人的一个很地道的礼节。然后，当他们把家具什物都搬弄完毕，邻居们就会过来一一握手，并饮用他们的友好咖啡。

那天的邻居来得不算多，连桑德拉在内也只有十多个。当轮到桑德拉和那位新来的男主人握手，并自我介绍彼此的姓名时，两人都"唉"的一声，惊呆住了。

原来，他曾是她护理过的病人。那时他刚从部队退伍回来，身上受过几处伤，神情也较抑郁，是她经常过来和他聊天，安慰他好好养病。久而久之，他对她产生了感情，她虽也有觉察，但保持着不动声色，只是她的脸色，常常一见到他时就会变得灰白无光。时间过得飞快，他住院近三个月了，医生说他可以出院了。就在他出院前的一个星期，也正是她来看护。他突然站起来，鼓起勇气上前握住她的那双小手，说："我很爱你，难道你都没感觉吗？做我的女朋友，嫁给我吧？！"她颤抖着把她的小手抽了回来，"不不，不可能的"，只见她两眼的泪珠像雨点似的落下，转身飞也似的跑了。这时的他，比士兵打了败仗更无奈！！

　　而她呢，回到办公室后，又马上装出笑脸，因为只有她自己知道，她小时候得过一场大病，从此她变成了一个失去性欲的人。

奶奶的婚外恋

　　我奶奶今年五十八岁，显得还挺年轻，看上去比我现在的班主任老不了多少。她曾是位中学教师，三年前退休在家，养了一只很大的狮子狗。我爷爷今年刚六十岁，还在工作，他还是××公司的副经理什么的。听我爸说爷爷奶奶年轻时是令人羡慕的一对，郎才女貌，很幸福的一个家庭，他们共有三个儿子，现在都已结婚了。

　　记得几年来，每个周末的下午，我们全家像往常一样，还有其他两个叔叔都是"周末拜访爷爷奶奶"，这是我们多年来的习惯。这时候的爷爷常常忙着清理他的花园，然后等待我们的到来；奶奶呢，早就摆好各式的玩具，并为我们准备丰盛的晚餐。

　　自奶奶退休养了那只大狮子狗后，可招来不少麻烦，除了每周要陪它训练之外，还要常常到狗医生那边体检，打预防针等，爷爷有点厌烦她为狗付出如此之多的精力，而她觉得动物跟人一样，既然养了它，就得对它负责。慢慢地，她为了狗的事常常和狗的医生在网上联络起来。

半年过去了，常听爷爷过来跟我们唠叨：你奶奶变了，变得我都不认识她了。我们仍不理解爷爷的话是什么意思，也根本没去想象爷爷和奶奶之间会出现什么变化。

上个周末，当我们像往常一样来到爷爷奶奶家的时候，听说爷爷出去了，客厅里的玩具也没了，只见奶奶戴着老花眼镜匆匆地从楼上下来，给我们倒饮料，又匆匆往楼上去，过了一会儿又下来，这样来回了好多次。原来，她正在跟人网聊，见她那神态，这时我们才感到，奶奶是变了，她已经不像我们从前的奶奶了。

爷爷的婚事

暑假里，左右邻舍的孩子们都去乐园、郊外或海边度假去了。临走前小科林问小玛克："你们去不去度假呀？""不去，可我们将在海斯堤泊森林里举行盛大宴会。"小玛克连比带画的，显得非常自豪。"哦，什么大宴会呀？"小科林好奇地问。小玛克说："我们的Opa（爷爷）要结婚了。""什么是要结婚了！我们的Opa也要吗？""我也不知道，那……"正说着，小科林的爷爷和他的女朋友正从后面骑着自行车来了。他立刻忍耐不住地上前就问："Opa，你还要不要结婚啊？"爷爷他们听这一问，笑得差点从车上滑下来，小科林带着不解的神情跟着爷爷他们进了屋。

晚上，九点许，海斯堤泊森林点起了篝火，乐队轻轻地奏起了卡沙舞曲，人们便自由、轻快地结伴进入了这天然的、夜幕轻垂的舞池。所有的客人都到了，只有Opa和他的新娘还未露面。"当当当……"等到教堂的钟声敲过半个小时之后，大家才听到了那传统的结婚马车声。

原来，Opa 十多年前在一次突发的事故中失去了奶奶，当时的他悲痛欲绝，多年里常常自个儿上墓地"探望"。在那几年里，六十多岁的 Opa 像个七十多岁的风烛老人。三年前的一天，他在一张地区报纸上看到一条讣告，讣告下的遗孀垂名：布琳达·哈尔斯。真奇怪，这名字和他少年时代初恋的一位少女的名字竟一模一样。他不能相信，但又下意识地将那上头的地址和电话给抄了下来。于是，从那时开始，他的思想情绪和精神面貌变了。他变得精神了，干净利索了。但谁也不知道在他身上发生过什么秘密。他根据那个地址，向一些知情人进行了了解，最后确定了，她真的就是她！像一皎明月从沉默的深山坳里升起，给枯萎的荒野带来了生机。但他在沉默中思念了半年之后，有一天，他终于鼓起了他少年时期才有的勇气，给她打了电话。说明了这一切的一切。她也好像受惊的小鸟，在接到他的电话以后，竟病倒了好几天。于是，他又回到了青春初恋的时期，他去看望她。经过了半个世纪之后，他们的感情仍如胶似漆，情更深，意更浓。他希望和她结婚，她也希望如此。但是，为了纪念她刚去世不久的丈夫，她要求三年以后再结婚。

今晚正是三年前他们山盟海誓的日子，于是他们选了这一天作为他们结婚的日子。但在举行婚礼之前，彼此都有一个共同的心愿和希求，即在入礼前，各自都到自己的前妻或前夫墓前，作一个坦诚的祈祷和辞别，然后再双双相挽迈向新的人生历程。

瞧，他们来晚了。但他们精神焕发。七十八岁的 Opa 和七十五岁的布琳达打扮得像少男和少女，看上去最多只有六十多岁。人生如梦啊，梦在你心中。

多了钱的女儿，没了情

贝格尔太太有两个女儿，一个叫莎娜，一个叫索菲娅。两个人都各有自己的家庭。几年前莎娜的家境不很理想，其丈夫的工作不很稳定，又有两个孩子。索菲娅的家境一般，工薪级，不很富裕，但什么也不缺，生活过得挺和谐。

半年前，大女儿莎娜的丈夫捷克拉斯买股票，中了个一百万欧元的大奖。天啊，真是做梦也没想到。这下可把她大女儿莎娜高兴的，完全变了样。

第一个月，他们买下了一栋不大不小的别墅，第二个月家里还请了个保姆，在家照顾孩子和打扫卫生。家具也是新配套的。总之他们的生活水准突然从一级猛升到九级，她开始特意把自己打扮得像王府街上的贵妇人，胭脂浓粉，光是那瓶香水就花了一千欧元，于是连走路的步子也开始变了模样。

那天母亲像平常一样到她家来探望他们，以前的话，她早就亲自去开门了。而这回，她让那保姆去开门，而自己还一动不动地坐在中堂的椅子上。母亲见她那样子很不自在，心想，她是否有点神经病，不正常啦？母亲还没来得及脱外衣，想在她旁边坐下，而只见她突然站起来对母亲说："哎，妈，你不可以就这样坐在这椅子上，先脱去你这肮脏的外衣，这椅子可是几千欧买的。"

她让保姆给母亲冲了一杯咖啡，母亲问："你习惯这样的生活吗？""很习惯，我好像生下来就应该有这种生活的，妈妈。"母亲开始感到有点恶心，她还说些什么都没听见。接着她还故意放大声音对她母亲说，"下周我们已定了机票，全家到马耳他度假一个半星期，保姆也去，你愿意过来为我们看家吗？我会给你工钱的。"

母亲听着愈来愈不是滋味了，这是什么话呢。我给你们看过多少次家呀！？嘴里没说，心里在想，啊呀，我的娘啊，这孩子怎么得了钱，变得这么没人味了呢？这钱不该得呀，她那样子，只要有了钱，娘也可以不当娘啦！这钱真是万能的？罪孽啊罪孽！母亲不安而心疼地叨叨着，没坐多久就起身回家去了。

两个星期后，他们回来了。看那样子，好像这个假度得并不很理想。她瘦了很多。原来他们在那里整天泡在一家赌场里，夫妇俩一起几乎把银行卡上所剩的钱全赌光了。

不久，保姆也被退辞掉了。短短的几个月里，他们的人生被那罪恶的金钱，一下子抛向空中，刹那间又一落千丈！

妹妹还是那样如意、和谐地生活，母亲还是那样平淡而知足的母亲。

黑客

在西欧，尤其在荷兰，假如用中国人的眼光去理解人的话，那么，荷兰称为"黑客"的人，真是比比皆是。

首先解释一下，请不要把"黑客"误以为"黑色的客人"，也不是社会所称"黑帮"之人的意思。我所称的"黑客"一词，只不过是荷兰语"gek"的发音词而已。因为"gek"读音相似汉语的"黑客"，而其实在的词意是"发疯，反常"，以中国人一句通常的话说就是"精神病"。

前天，我接到一位旧邻居丽娜的电话，说是她的小宝贝10月15日生日，邀我们过去"费时"（feest，庆祝）。因为她搬过去两年多了，也没去他们的新居，也应该去拜望一下，至少出于一种礼貌吧。那天，她在电话里又匆匆地告诉我她的小宝贝的生日，也不知是男是女！想必一周岁还属婴孩。于是，我们就选了一件婴孩的玩具作为生日礼物。

今天下午，当我们一按她的门铃，首先吓跑我小儿子的是一群"汪汪汪"狂吠的狗。几分钟后，才听到丽娜的声音。

"Welkom,Welkom"（欢迎欢迎）门开了，我们照荷兰人的通常见面礼节，分别恭喜、吻面，然后递给她那件婴孩礼物。步入客厅，只见三十多平方米的客厅里，除了几件先前就有的简单家具之外，又多了几只大小不同的狗睡的摇篮床（篮筐）。在狗床对面位置上，正坐着一位男士。据她介绍，那是她新同居的男友——巴特。大家彼此握手之后，我们开始饮用咖啡和蛋糕。此时，我忍不住问："你们的小宝贝在哪儿？是睡了，叫什么名字？……""当然啰，这不是吗？"她一边说着，一边非常得意地将她怀中的那只小花狗递送过来。"瞧，多可爱的小宝贝！她叫娜拉，今天是她一周岁生日。"

我们这才明白，两年来他们同居而没打算要孩子，而饲养了六只狗。这只生日的小花狗，穿着花裙，戴着红礼帽，很漂亮。我感到意想不到的尴尬，然后清醒一下头脑，既来之则安之，接着又顺意地伸手为她道贺。

我们没坐多久，就告辞了。回家后，我先生摇摇头，耸耸肩，表示无奈。而我禁不住吐出了那句通常荷兰人称人不正常之举的话"gek"。我突然想到另一个问题，人的物质生活不能太富裕，富裕的物质享受最容易导致精神的崩溃。正所谓：物极必反。而另一个令人深思的是，地球上还有近百分之七十多的人，至今仍存在衣食居住的问题。这种两极分化的状态，还会延续多久呢？

心静可以治病

　　钟先生，青年时代，去过北大荒。那时还只有十六岁，一边当兵，一边务农，用当时的一句时髦话，叫做"支边青年，屯垦戍边"，全国一片红，去也得去，不去也得去。他正要考高中时，学校停课，工厂停工；带着无限的遗憾离开了南方的家乡、父母，一去就是整整六年。

　　但他很努力，话语本来就不多的他，在农工排里，个子数他高，掰玉米、扛麻袋就数他最卖力。有一次北大荒下了大雨，眼看秋收的大豆全要泡废，连队出击三天三夜泡在水里抢收大豆。

　　自那以后不久，他经常会腰酸背痛的，医生说他得了风湿关节炎。几年后被病退到老家 R 城。由于这边的气候比较温暖，吃了几服中药加上针灸，不久就渐渐痊愈了。但是，由于刚从边疆返回不久，一时还没有正式工作。

　　一天中午，他去医院针灸，出来时在医院大门口突然发现路边有一个皮包，打开一看，里头还有护照和上千元美金。护照上的照片是一个近六十岁的男人，来自荷兰。这时的他却十分冷静地站在路边上等候，或许有人会回来寻找，我就可直接还给他。一个小时过去了，不见有人来寻找。于是，他找到医院院长办公室，让医院在广播里寻找一下这位丢失皮包的人。果然见效，这位病人还在检验室里，刚做完全身检查，出来时才发现自己的钱包丢了，来到院长室他非常感动，翻看了一下，里面什么也没少。激动的他问，是谁捡到这个钱包，一定要好好谢谢他。院长说是一位年轻小伙子，他已经走了，也没留姓名。幸亏刚才院长无意中听说他是来针灸的。第二天这位华侨想方设法找到了钟先生的家，给他买了不少礼品，还有一个红包，里面有三百元美金。但是，钟先生说什么也不收那钱，只是勉强收下了那些礼物。老华侨非常感动。几天后，老华侨又来他家，问他想不想出国，有对象了没有？

老华侨想到这样的年轻人实在不多。看样子他和他的大女儿年龄相仿，她也还没找到对象。就这样，无巧不成书，在老华侨的努力下，他成了他的成龙女婿，一夜间成为人们口口相传的佳话，不久就出了国。他也很感恩，工作非常卖力。到了国外不久后，第一件事是结婚成家，第二件事是立业。老华侨本来身体就不太好，遇到这样的好女婿，他说是上天赐予。说实话，老华侨这辈子很辛苦，好不容易成了大老板，钱包算是满了，而身体却给他开了个大玩笑，他得的是癌症，肠癌。没多久他就撒手人寰了。

毫无疑问，钟先生接任了大老板的位置。他比他的老丈人更加勤俭，他常想起当年北大荒的艰辛，就十分珍惜他现在所拥有的一切。十年下来，他从一家餐馆开到两家，二十年里他发展到三家中餐馆，两家薯条点，令旁人刮目相看。

有一天收工后，他对妻子说："最近我常常感到胸口闷闷的，并有点隐隐作痛。我想我必须去医院检查一下。"两个星期后，医院来了报告单，上面写着 L.ca(肝癌)。妻子吓得差点晕倒，伤心不已，束手无策，但他自己还是十分镇静。记得小时候，常跟他奶奶去寺院，听那些佛家师父们说，心静可以治一切病！那时候并不知其深意，也不懂什么叫心静。

几个月后，他把两家大的餐馆和两家薯条点转卖了，剩下一家不大不小的餐馆交给他的妻子。他说，他要到新加坡某一大寺院里当义工（不是出家），帮助寺院打扫卫生，等等。每年还会回来看望她和孩子们。这时候的他，还不到六十岁。

一年半以后，他真的回来了，于是他又到医院里去检查，没想到，他的 L.ca 已无影无踪了。

家里人更有说不出的高兴。在这皆大欢喜之时，他又对家人提出了一个心愿：他决定要重访旧地，到北大荒去"探亲"，打算在那里建一所希望小学。

放飞

在荷兰出生的小钟，十一岁那年跟着妈妈一起去中国，探望病重的姥姥。听舅舅说，姥姥已经一周饮食不进，几乎失去知觉了。而小钟和妈妈一进门，就用生硬的华语叫"姥姥，姥姥，我们回来啦，我们回来啦"。奇迹发生了，姥姥像从沉睡的梦幻中渐渐地醒来，终于又睁开眼睛，微笑地向他们点点头，这神奇般的一幕，使这来自外国的小外甥——小钟很感动！他这是第三次来中国。每次来中国，在众多的亲友们中，只有姥姥给他的印象最深刻；尽管他与姥姥在语言上交流不多，但他从姥姥的一举一动中，可以感到姥姥是多么的疼爱他，喜欢他。

几天后，姥姥还是离开了人世。在那几天里，他发现妈妈是所有亲人们中最伤心的一个。那情愫无疑也影响着他那童稚的心灵。再加上六月的江南气候，有点闷热。不几天，他生病了，感冒发烧，妈妈打的带她去附近的医院看病，医生给开了退热的西药和清热解毒的板蓝根冲剂，让他回去服用，多喝水。从医院出来，他们没打的。妈妈说："我们走路回去吧。"于是他们母子俩沿着医院左边的一条人行街道，缓缓漫步。只见两边不同的中小店铺，处处琳琅满目，各种什物都有，这一切对这个小外国人来说十分新鲜。突然，他不由自主地走进一个不大不小的店铺，原来这是个小吃馆。而门前的一个笼子里，却关着上百只麻雀。他立刻十分不解地问妈妈："他们为什么把这些小鸟关挂在这里？"妈妈说："可能是供人食用的。""啊？"他非常不解而伤心地对妈妈说："我们能不能救救它们？妈妈，我要抗议，"妈妈向他点了点头，把手指放在唇口，"嘘——"了一声，走进了那家柜台。"我想把你们那笼子里的小鸟，全都买下来，你愿意吗？"那家老板很高兴，今早来了大客户了，心想。忙答应：行行行！而他的要价是几百元人民币。就这样妈妈花了几百人民币，把那一笼子麻雀全买下来了。老板还将所有的鸟们装进另一个带鸟笼的纸箱里，交给小钟。

此时的小钟十分高兴，喜出望外。于是，他抱着那纸箱，并故意打开那小窗，只见一只勇敢的小鸟"嗖——"的一声飞出了纸箱，冲向了天空自由地飞去。接着一只又一只小鸟从小窗里飞走，每飞出一只，他就惊喜地说：飞吧，自由地飞吧。

等他们来到舅舅家三楼阳台的时候，纸箱里的小鸟可能还剩下一大半吧。这时妈妈说，放飞吧，全部放飞吧，孩子！此时的他，非常激动地打开纸箱笼盖，只听见"呼啦啦"，几十只小麻雀，一下子不分先后地全冲出笼子，渐渐地消失在广阔的天空里！

这时的小钟，什么药也没来得及吃，病已全消了。

缘分

　　上星期六，TS 城的老人院里显得格外静穆。上午九点，所有的老人都由护士搀扶着走向教堂。在一个星期里，同住一个房间的两位老人相继故去，这在 TS 城的老人院里还是第一次。她们是卡米娜和李琳达。她们一同去西天见上帝了。西方人认为这是件美事。人生嘛，总有那么一次的，何况都是七十多岁的老年人了。所以，在西方，一般的出殡是没有哭声的。而只有祈祷声和默默步入墓场时的脚步声。而这两位老妇如此相继而去，仍令人感到十分蹊跷。

　　先去世的是位印尼华侨老人李琳达，她七十八岁了。她有两个子女，一个女儿在美国加州，一个儿子在荷兰。这些年来，她还一直按中国的传统习惯和儿子一家住在一起。五年前，儿子因工作需要，全家迁居比利时 B 城。因为老人不习惯那儿的新环境，而且孙子孙女都快成人了，老人知道西方的风俗，便知趣地提出到老人院里去居住。西方的老人院，设施设备都十分讲究，有集体住房，也有单人独居或两三人合居的住房。集体住房就是一个大家庭，大家同吃、同住、同看电视，等等。总之，一切衣食起居活动都是集体一起的。而独居或几人合居的，都各有门户，有专门的护理人员定期地来护理照看，帮助解决和处理日常生活中的琐事或问题，以及进行身体健康检查，等等。如有特殊情况的话，还可以随时打电话，呼之即来。

李琳达觉得自己手脚还较灵便，最好和另一位老人合居比较理想。于是，她被落实到与她有同样愿望的卡米娜同住，说来真是缘分。两人一见如故，一个东方，一个西方，但毫无隔阂，只是李琳达的荷语不大好，但她来荷已二十多年了，所以还讲得通。卡米娜比李琳达小两岁，两人就像姐妹一样和睦相处，生活得挺有趣味，这样一住就是五年。要说有什么不同的话，那就是李琳达的儿子每月一次或两次带全家来看望老人家。每次来了，总要捎带些老人喜欢的食物或用品（尽管她这里什么也不缺）。卡米娜的孩子几个月来一次，有时半年不见一次。而卡米娜总是解释道，他们太忙了，没有时间，离太远不方便，等等。她还常常自我安慰："我一切都很好，通通电话就行了。"其实她有五个子女，除了一个在法国，一个在英国之外，其他的三个都在荷兰，离这里开车不过两三个小时。而每次来电话："啊，妈咪，一切都好吧？下个月我们来看您……"而常常总是几个"下个月"才难得一次探望。她将每次子女们的"探望"视为"朝圣"一样喜形于色，迫不及待。瞧，她梳妆打扮，准备糕点水果和礼物……这只"小象"给刚出生的小吉姆，那只"会走的小兔子"给四岁的凯西，那个"爱哭会闹的洋娃娃"给六岁的安喀拉，还有，还有——总之，每次这种迎探的准备至少要花费她好几个星期的时间。而每逢这个时候，她的心情很难平静，得几夜睡不好觉，比臣子接驾还要激动。

自从李琳达住进来以后，由于李琳达的孩子们每月一两次的探望，他们除了带给李琳达礼物之外，也捎带一些礼品给卡米娜，并问长问短，日久天长，他们的探望，渐渐地也成了卡米娜生活中不可缺少的天伦之乐了。她甚至觉得自己不像过去那样思念自己的孩子们了。但是，只是每次当李琳达的孩子们来探望之后，那一夜她总是不能睡觉，然后必定又一次拿出她的"唯一珍贵的家产——相集"，一张一张地翻看，一遍遍地忆想，然后又自言自语地重复那句不知讲了多少次的话："小鸟们翅膀硬了，总是要飞走的，不是吗？难道？但愿……"于是，朦朦胧胧地靠在床上，一直坐到窗外的鸟雀吱语了……

李琳达一直有哮喘病，近几天也许是天气太热太闷，她突然病倒就去世了。李琳达的死，给卡米娜的打击比谁都大。那天早晨，像往常一样，醒来之后去叫李琳达，唤了好几声不见回音，惊慌失措的她走到前面，摸摸她的前额，已是僵冷如冰……她呆住了。顿时，她也像失去知觉似的死坐在她旁边。直到下午三点三十分，看护人员来了，才知道这里发生了死人的事……

就这样，在李琳达死去的第三天，卡米娜也随之而去了。

圣诞夜的游魂

　　家家都有圣诞灯，处处都有圣诞树。圣诞节，实是纪念耶稣诞生之节，而圣诞老人则是出自美国的一个民间传说。几百年前，一群善良、勤劳的小山民，不辞辛苦，日夜赶做了无数的玩具和礼物。就在那星光闪烁的圣诞之夜，寻见了一位他们渴望已久的老人。从此以后，每当圣诞之夜，这位老人就穿上红靴和红袍，坐在他的雪橇上，驾着他的神鹿，从冰天雪地的山谷中飞出，驰向全球。他，给乞丐带来饱暖，给老人消除寂寞，给孩童送来礼物，给一切不幸的人带来佳音……

　　于是，人们盼望这个节日，也庆祝这个节日。甚至，连教堂后面的那一片墓地也热闹了起来。大大小小，男女老少，各个墓碑前都燃起了不同的烛光。

　　S.P.墓园上几百块墓碑前，几乎都亮起来了。只有两块没有墓碑的坟堆前，空荡荡、冷清清的，无墓也无碑，只有一条细木板上，用油漆写着"CenT"。晚风中，似乎听见一个在怨说，一个在抽泣。"早知今日，何必当初……"他说。"当初，当初又怎么样？还不是你硬要出国，也拉着我非出国不可，把那几十万全泡了汤，还……"她越说越伤心。"别讲这些了。咱们当初要不入那一班黑伙，不就没如今这回事了吗？"他说。"事到如今，冷冷清清，连个姓名也没留，不知咱那小儿长大后还能不能找到这几块骨头，送回家乡啊……"

"当当当……"教堂的钟声又响了。晚祷已经做完了。"那些墓碑里的家属们又来告辞了，咱们快回坟里去吧！"他说。

"不，我要等待，我希望能遇上一位熟人，托他或她给我们刻上个姓名什么的，好让咱们的孩儿将来能把这几块骨头带回中国去。哦，对了，今天是圣诞节，也许那位圣诞老人能帮我们做这件事。"

夜深了，雪花开始在风中起舞，墓地里除了一闪一闪的烛光之外，仿佛仍听得见怨声和抽泣。

夜晚的一颗流星

　　妮娜是一位个子瘦小、皮肤暗棕色的女人。从她的外表你可以一看就知道，她不是本地人。在这个不到一万人口的小镇上，这种肤色的人没有几个。

　　十五年前的一天，我们并不相识，偶然邂逅在小镇公园里。当时我正带两个小儿子去公园散步，远远地看到一个棕色皮肤的，六十岁左右的小女人向我们热情地走过来。她见了我们像是见了自家亲人似的，喜出望外。然后，她主动地向我作了自我介绍，并告诉我她就住在公园旁边的那条街上，希望我有空到她家串门。

　　当时，我得知，再过三个月就是她的六十周岁的生日。她邀请我参加她六十岁生日的晚宴。我不知道她为什么如此信任我，并毫不犹豫地邀请我。的确，我被她的热情所感动，也毫不犹豫地答应了。

　　在那个生日的晚上，我见到了她的两个儿子，儿媳和孙子们，他们都居住在百里外的地方。其次还有几个邻居和我，我没有见到她的丈夫。一位邻居告诉我，她的丈夫十几年前就去世了。那晚我是唯一的一个中国人，她紧拉着我的手，像母亲似的让我坐在她的身旁，然后告诉我，她的父亲也是一个中国人，但遗憾的是，她出生的时候她的父亲已经不在人世了。听她印尼的母亲说，她的父亲姓金，但不知道他来自中国的何地何方。说着说着，她的眼睛湿润了，语音嘶哑了……此刻她把我的手握得更紧了……从那以后，我会情不自禁地常常去探望她……我似乎很明白，她一直在寻找一种她永远也难以找到的东西——根！

　　去年夏天，我回国待了几个月，发现在中国福建某县有一个姓金的宗祠。我用心作了记录，回来后，我正准备带着我的资料去见妮娜时，邻居告诉我，一个多月前妮娜突然亡故了……

　　那一夜，我没睡，站在朝南的窗口，我仿佛看到了一颗小流星，正落在地球东南边的某个角落里……

小琴的婚变

　　小琴近来越发打扮得年轻漂亮了，瞧她柳叶眉下那一对经过化妆的黑眼睛，那尖尖鼻子下一口鲜红色的小嘴，只要一笑就显得特别动人，再加上那披肩的波浪卷发，真是好不迷人。常言道：三分相貌七分打扮，何况她本来长得就挺不错的。实际上她已经不年轻了——假如不打扮的话。

　　那天晚上，餐馆还没收工，她那位新交的男朋友已经来了。他中等个儿，一头乌黑油发稍带几个卷卷，显得很时髦，那一套浅灰色的西装加领带，显得很神气，只是跟他的发型似乎不大相称。然而，他在小琴的眼里还是挺英俊潇洒的。

　　她自从跟陈鑫宝办了离婚手续之后，仍常常想，其实鑫宝这个人是很不错的。

　　想当年，他第一次回国探亲时，第一次见到我，是在那一天早晨。我打开窗户，他也正打开窗户（我们两家住在一条街的两对面），他看看我，我也看看他。最后，彼此都有点不好意思地无声一笑，离开了窗口。那一刹真可谓"此时无声胜有声、有缘对面来相亲"了。

第二天，他就托人来我家说亲了。

我母亲几年前是这里街道的居委会主住，曾一度很瞧不起他家，就因为他家有"海外关系"。后来政策变了，"海外关系"的地位突然从一级升到顶级，我母亲对他家也突然变得热心起来，而他的父母仍不冷也不热，保持正常态度。据说他要跟我相亲的事，他父母并不同意，只是他自己执着，非要跟我相亲不可！几个月以后，在他回荷兰之前，我俩终于订了婚。一年之后，我以他未婚妻的名分来到荷兰，并随即结了婚，不久我们买了一家小小的"打包店"。

从此，我家也变成了有"海外关系"的华侨了。母亲每次来信首先是希望我按期给她寄些钱，其二是希望我尽快把家中的弟妹也办到荷兰来。

起初，鑫宝看到这些来信并没有什么反应，而只是说，给父母寄些钱是应该的，至于办我弟妹出来的事，他从没有表过态。

后来，他父母来信，催促他抓紧把他的外甥女（他大姐的女儿）办出来，他便立即申请报告，不到一年，他的外甥女就出来了。

打那以后，我们之间的感情从无形到有形，产生了隔阁。他逐渐地变得沉默寡言了，有时候，夫妻间整天无话可讲，这实在使我受不了。因此，开始经常吵嘴了，而且谁也摸不清到底为什么吵嘴。他是很爱学习的，这我并不反对。只是他经常等夜晚收工后去他的荷兰朋友那里请教，直到第二天上午才回来，我实在不能容忍他这种"夜不归宿"的做法。有一天，他也是夜不归家，我想我一定得教训教训他。于是，当他刚进门的时候，我就沉着脸，而心不由己地大声说；"喂，姓陈的，你天天如此下去，还不如让我们早日离婚！"没想到，他也立刻发火地嚷道："离婚就离婚！"……我顿时傻了眼！突然感到一阵天昏地暗起来……天呐，我这才知道，他其实并不爱我！我似乎不明白，我们彼此之间到底是否有过真正的爱情！？呵，什么叫真正的爱情？我惘然了……

打那以后，我才知道，我已经被遗弃了……我扪心痛泣，夜不能寝，日不能食……因为在这儿，除了他一个亲人，我是一无所有！这到底是谁的过错？只有天知道！

不到两年，最后一次吵嘴，他打了我一嘴巴，我刮了他一个耳光。不久之后，我们就去办了离婚手续，好在有他几位朋友的相劝，他总算还保住了我在这儿的居留权。

我恨天，恨地，恨他，也恨我自己，更恨那唯利是图的炎凉世俗！那一刻，我真不知道，我将如何在这一块陌生、刻薄、变幻莫测的地方生活下去……其实生活何处不是如此呢？只是我过去未曾经历过而已！

经历了这一次"致命"的打击之后，我觉得自己似乎变得聪明起来了。我不再多考虑弟妹出来的事，也没有定期给母亲寄钱。我首先考虑的是，要摸索一条自己应该走的路，我开始思索什么叫"人生"。只是我懊悔自己荒误了以往的青春，而至今才懂得一点"人生"！

最近，刚认识的这位男朋友是从国内刚出来的。他比我还年轻两岁，而且还是红花男子呢。他说他很爱我，谁知道呢？总之，我还没有决定，因为我需要进一步地认识"人生"！

自从小琴的婚变以后，实际上她非常需要一位医治"创伤"的真正男子。但愿在她今后的生活成长中，能结识一位同舟共济的终身伴侣！

因为生活里不能没有爱，世界是用爱来拯救的！生命有了爱，就如同那夜光杯盛满了美酒一样甘甜。

迪斯尼随曲

前奏

前不久，有意无意中，我又一次翻阅了中世纪意大利复兴时期的大诗人但丁的《神曲》，随但丁的诗魂，又一次经历了他的"地狱"、"净土"和"天堂"……

将近一千年了，随着人类科学的飞速发展，人类社会发生了翻天覆地的变化，而只有人类灵魂中，那所谓的七大罪恶——骄、妒、怒、惰、贪财、贪吃、贪色，至今仍到处蔓延，这似乎是人类自身永远难以摆脱的问题。但，并不是不能摆脱，而是摆脱的程度有所不同。因此，人类世界本身就存在但丁笔下的"地狱、净土、天堂"。一个人或一个社会如何从地狱升华到净界到天堂，需要有一个相当的过程。如何？怎样？这就看每一个人、每一个社会或国家自己，如何、怎样去省悟了。

最近，因游览了名为世界之最的法国迪斯尼乐园，那儿集人类世界、远古至今、传奇传说、童话寓言、神奇幻想于一身，包罗万象无奇不有。于是，我产生了迪斯尼随曲ABC……

A. 小人世界

他是一个十分平常的中国人，当他刚走进迪斯尼乐园时，初感，啊，这儿真如天堂的画图一般呵，这是真的吧？不是幻想，不是梦！瞧，那参差不齐而矗立有序的尖顶建筑物，只有童话故事片里看见过……于是，他走进了大堂，这里的一切都那么新奇、古怪，没见过的更多……不知那是大堂的第几道大门，横梁上写着：The small wereld，旁人解释为"小人世界"，因为那里尽是专供儿童们玩乐的。

此刻，他突然揪心起来。孩子，我唯一的孩子只有六岁，还在遥远的乡村，自己半年前才刚拿到"难民居留"，而妻子却在一年前耐不住寂寞跟人走了……我呀，这天堂的哪一道门是为我开的？

他烦了，越往前走越不是滋味。这时，前面的恐龙正朝着他张开血口……一刹那间，他手颤脚软地瘫倒在地上了……

B．美人鱼

姁丽来到美人鱼剧台前，当她看到那美人鱼和她的相爱的王子经过一番艰难的波折之后，终于踏上了幸福的人类之海岸时，姁丽不知为什么，感到十分抑郁，没等剧表演完就离开了。她认为，这种深情蜜意的爱情绝不存在，那全是文学家和艺术家们自己想象编造出来的。她绝不会相信的，她可以以自己的身世作证：她离过三次婚，回想起来，有遗憾、怨恨，也有忏悔，但无奈也无畏。

当她青春貌美时，还来不及思考和选择，就被一阵狂浪卷到黄浦又滚到南海边，差点被海浪淹没。侥幸中来了一只小船，船上有一位青年男子，那时他就像王子一样。她拼命地抓住缆绳上了船，那青年带她出了海，她成了他的妻子。而风平浪静以后，她觉得，她绝不可能跟随他过一辈子海上生活。于是，为了自己的前途，她在激烈的自我斗争中，忍着痛遗弃了他和孩子……

那是她来到陆地不久，凭着她无孔不入的心机和"战无不胜"的伟大思想给她的动力，她开始慢慢地深一脚浅一脚地走上了自己填铺的路，并在人群中有了一个强女人的头像。但，她还年轻，而她不愿意说自己耐不住春房的寂寞，而是说她要找一个男人，只是他的头要像她一样，在人群中高高在上。她努力啊努力，突然，陆地上又卷起了一阵大飓风，连她居住的房屋及锅碗家具，全部刮走了。她不得不第二次来到海边，她想寻找以往的那位海上王子。然而，自那以后，他再也没有出现了（当时，她似乎有过忏悔，但那也只不过是一闪间的事）。她还必须为自己寻找一条新的出路。不久，她又匆匆地跨进了一条似人非人的贼船。那贼头说，只要她以身相许，他可以带她到她愿意去的天堂——自由的西方。于是，她不得不屈服了，但她要求结婚。就在那只贼船里，他们举行了简单的婚礼，她的目的终于又达到了。不久，她到了一个她理想中的国土，可以想象，她又有了新的打算。而那贼头好像是真喜欢她了。这怎么可能呢？她是不可能与一个贼头生活一辈子的。当时的许诺和结婚，是为了能保证安全地到达目的地。她和贼头闹得头破血流，差点送了命，最后还是用隐逃的办法避开了贼头的纠缠。

　　人生的历程到了此步。乍然回头一看，啊，怎么已是一大半截过去啦！她禁不住长叹了一声，觉得又累又乏，心想，往后可不能再毛躁躁了。她觉得自己需要冷静，打算再隐居一段时间。而那骨子里的欲念，那血液里的虚荣燃烧着她，使她不能宁静。她又开始像田螺一样从水底探出头来，又一次改头换面地出现在人群中。那儿是一个新的环境，她打扮成一位名记者的模样，到处招摇自己的身份和才能。不久，她又在一夜间成了这新环境里的红人。她得意了，沾沾自喜中又跟一位大老板结了婚。他说，他比她大十几岁，而他的前妻在香港死了。他拥有两家中餐馆，一家交给他唯一的儿子管理，另一家由他自己来经营，正需要一位太太料理家财。她觉得自己正是筋疲力尽之时，总算可以借此享受一下"贵夫人"的富裕生活了，人生真是如梦啊！

可是，她的梦境刚进入第一阶段（还不到三个月），老板在香港死去的前妻，突然活着回来了……

所以，她绝不相信，那美人鱼和王子会有真正的爱情。

但她对自己仍没有失望，也许，自古以来，上苍在每一个女人的"自主"的路上，就设有重重枷锁，她要尝试着去冲破。可是，那王子的真挚爱情是多么令人羡慕啊！

勇敢而可怜的女人啊，只有在一颗心灵省悟的时候，才会知道到哪里去寻找！

C．骷髅

当西男先生随着旅游的队伍一起来到非洲沙场和古航海家的骷髅洞前时，所有的人都停止了脚步，因疑惑不知洞里有啥什物，而不敢轻易进入。只有他，毫不犹豫地钻进了洞里去，那动作好像他是从那个洞里出来的。

西男，原名林锦国，五十年代末的大学生。刚走上岗位不久就戴上了右派的帽子，被派发到西北边境去服劳役。在那里，他和一位牧民姑娘相爱了。但由于他的政治背景，牧姑娘不能和他结婚。

不久，她与一位牧民青年结婚，而就在结婚的当晚，她在逃跑中被错杀了，西男得知此事，悲痛欲绝，连着几天不省人事……后来，在西北边境的一次大风暴中，在几位牧民的帮助下，走出了边境。从此，开始了他那漂泊异国、流浪他乡的生涯。

扫地、洗厕所、打工、做厨房。睡过牛棚，坐过监狱，任凭狂风骤雨，雷轰电击……但他都十分清醒地安慰自己，我必须活着，并非为了自己！我要呼唤，我要唤醒那沉睡的土地，我要唤醒我的牧民姑娘！

每当寒风凛冽的时刻，也就意味着春天即将到来。

由于他的志气、人格、才华和努力，他终于又跨进了CDU大学，当了博士，成了教授。

冰雪融化后的春天姗姗来迟，突然有一天，他收到了一封来信，信脚上的署名竟是那样的令人不可相信：你的永恒的牧民姑娘！那简直不可能。

一个星期以后，她竟像神仙似的出现在他的眼前。原来，她并没有死，那只是为了逃难而设的一个骗局而已。她就是西男先生现在的恩爱夫人，草原上不死的黄野花马格利特。

由于对草原和沙漠的特殊感情，西男先生一见到那骷髅，就有一种特别的亲情。

西男先生现在已近退休，他已组建了一个旅游开发公司。这次是他亲自带队当导游。他还正在设想，在条件成熟时，要到中国去建一座中国的迪斯尼呢。同时，他说，他已决定，在他的有生之年里，他将把他的一切财产（包括他的智慧、才能……）全贡献给那黄野花生长和开放的地方！他们的孩子，将不继承父母的任何财产。他们的两个孩子，都在美国就学，已经养成独立自主的能力和习惯。

尾声

中世纪的但丁，主张政教并立，王者以人智治国，使人守哲理道德、得现世之福。教主以神智化民，引入了宗教信仰，净化人的心灵，得长久之福。

这虽然是一支古老的曲子，但过了多少个世纪，还要唱。

我赞美《神曲》中，"艺术取法于自然，好比学生之于老师"的永恒哲理。

"自然和艺术是人类赖以生存的面包，并因此而繁荣；而重利盘剥者的取经不同，他（她）们轻蔑自然而取决于自己……"

列车上的对话

一辆快速行进的国际列车，正从布鲁塞尔驰向阿姆斯特丹。在靠近末尾的一节车厢里，坐着一对青年男女。

"你觉得比利时怎样？"那位男青年问。他矮矮胖胖的，还戴着一副时髦眼镜。

"反正比法国强。"女的答。她中等个子，穿着一身不久前从法国买来的紧身服，披了一件时兴的无袖coat（披风）。在她的印象中，那脏乱的唐人街，那华人"黑工"居住的地窖楼角，挤得令人不堪设想，还要付很贵的房租……唯有法国的女式服装是世界最时髦的。幸亏，她不是去那里打工的。

"那么，荷兰呢？"他又问。

"荷兰华人的工作及生活环境比法国强多了。不过，我真不明白，一些上了年纪的大老板，除了接客的餐楼顶装修得堂皇之外，而他们自己的生活，还停留在四五十年代中国一些山区的生活方式和水平上。去年那阵子还舍不得买洗衣机。夏天里这么忙．十几个小伙计也就围着厨桌，喝那一大碗骨头（肉佬免费赠送的）汤。这情景，那吝啬劲头，是我出国之前无法设想的，简直到了令人难以承受的地步。你相信吗？"说到这里，她似乎还在受罪似的，停下来问他。

只见他皱了眉头，表现出很不自然的样子。为了不让她发现自己不自然，他推了推眼镜。"这也没办法，他们是一批那个时代出来的人。当时，他们为了谋生，一头埋在餐馆里，很少有人想到学这里的语言，所以也无法融进这儿的社会，对发展中的中国也不很了解，就一直生活在自我模式的环境里。"讲到这儿，他叹了一口长气。接着说："这是个悲剧性的遗留问题。因此，他们的子女们绝大部分都不愿意接他们的班。这些子女们，他们将有自己的生活方式。否则，如何去理解世界的发展呢？请相信，他们正在努力学习，并争取接受高等教育，融进这个社会……而餐馆将面临着青黄不接的代沟问题。"他很激动自信，但又觉得无奈。

"你说争取这里的高等教育，不错。但是，这个时期的经济非常萧条，现在连那些土生土长的大学生都找不到工作，失业的人越来越多，难道这'半路出家'的还能有更多的机会吗？"她辩驳着问。

"有。但像我这样从小就从中国出来的，必须抓紧时机学好华语。未来的经济高峰在亚洲，在中国。我们可以将西方的先进技术、经验和管理方法带到中国、亚洲去，那我们的前途就大有希望了。你知道吗？目前的世界，虽然是以英语作为通用语，实际上全世界讲华语的人比讲英语的人要多得多。"

飞速奔跑的快车，在他们热情的谈话中到达了终点站。

下车后，他们乘坐一辆电车。十五分钟以后，他带她走进一家中印尼餐馆。她突然叫："上那儿去干什么？我的肚子还不饿。那家老板我认识。"

"不，那儿就是我的家。"他说。她傻傻地望着他。

她的梦呓

圣彼得堡教堂的钟声敲响了。这是一座中世纪的著名教堂。教堂塔楼上空，正盘旋着一群乌黑乌黑的寒鸦。这群通人性的鸦群，就居住在教堂塔楼周围的瓦缝里、窗檐下。每逢出殡的钟声一响，它们就像一群职业的出殡队伍，随着钟声缓慢的沉重的节奏，上下盘旋，一圈又一圈地直至棺木进入墓园、下土，它们才算尽了"天职"似的，带着送行的灵魂，向天堂飞去，越飞越远……

棺木里的安息者名叫秦彬红（原名李春沅），她嫌太土气，而且李是她生父之姓。对于父母，她是怀恨在心的——他们当时竟那样将她遗弃，所以她后来改为此名。

原来，她出生在中国南方一个不大不小的 V 镇。因小时得了麻疹，后遗腮腺症，久治不愈几乎耳聋，加上家里子女众多，故将她送进了当地教堂所办的一所孤儿院。不久，新中国成立，她被人领养了。幸运的是，领养她的父母是老干部，不能生育。领了她，并千方百计地治好了她的病。不久，她就像正常的孩子一样上了学，并且是干部子弟学校。从那以后，她的人生起了翻天覆地的变化，处处受到"特权"的照顾。在她刚上中学，可以说刚刚懂事的时候，中国的政治运动一次又一次周而复始地，有时甚至像台风、像暴雨似的突如其来……那时的她就像一块不附灵魂的面团，一会儿被捏成"典范"，一会儿被提成"标兵"。记得那次被提成"标兵"上台领奖状时，连自己都莫名其妙凭什么一下子成为标兵。直到事后，班主任告诉她：你这次成为"标兵"是校共青团推荐的。因为，一是你的入团申请书写得很及时，二是你的父母是"红五类"，所以希望你从今往后一定要听党的话，跟党走，争取做一个名副其实的共青团员。从那以后，她都是每一次运动中的先锋和模范。在那一次镇里举办的批斗会上，她还亲自上台，给了她的养父母几个响亮的耳光……

　　是班主任那一段话，是那一段经历，注定了她的行为人格，注定了她的生命灵魂。所以在她的自我意识中，总觉得"我是一个常得捧抬耀名，常需特权通路，常常居高至上的自命不凡的人物。"以至在她青春年华的时候，她不懂什么叫真正的爱情。虽然她也读过不少书，但那都是些红色的书籍。什么《红旗哗啦啦地飘》《邢燕子之路》等。而到了情窦待开之时，也正是那史无前例的"文化大革命"运动开始之时，她那"红五类"的养父母开始被批斗，尽管她也上台给过他们几个耳光，但那些造反派们还是斜眼看她，因为她一直是所谓的"标兵"。同时，她跟养父母的感情也从此疏远起来。但她觉得自己永远是个走运的人，就在那一个十分尴尬的时候，她又在一个偶然的机会里，认识了一位其父在香港的青年，并听说他不久就要去香港定居。这个消息对她来说非常新鲜而有吸引力。她想，这是一个新的希望，于是，她就十分主动地、三天两头地去探望他。他当时和他的母亲住在一起，而且他们也没有多的亲友。而她的热情来访，倒也给他们增添了不少情趣。再加上她那青春年华所放射出的少女之光，很快被那母子接受了。并表示带她一起去香港，但要先结婚。就这样，一场闪电式的婚姻就如此促成了。起初，她十分得意和满足，因为她总算能在这么短短的时间里，找到一条新的生活之路，成了他们的家人，而且很快就可以到香港去定居，这在当时可是很多人求之不得的呀。而且，这一去，那场正在蔓延的"波澜壮阔"的灾难至少可以避免了。

那是一个烈日炎炎的夏天，他们乘坐轮船到达香港。一到港，首先就遇到香港缺水的困难。其二是居住的问题，他们必须跟他的父亲一家（原来其父在港已另有二房之妻）住在一起，别无他法。于是，她开始失望。当时，在她的想象中，有能力带其国内的亲友去港的，都是大商贾。而谁想到，来港一看，他的父亲只不过是一个小商贩而已，而且是如此境况，这跟她理想中的香港相差太远太远了……

不管怎样，一年，两年，三年……在短短的几年时间里，他们毕竟像一般的夫妻一样养儿育女，有了一女二男。无疑，生活的担子越来越重，有一个时期几乎出现经济危机。原来在家照料孩子家务的她，早已耐不住那种沉闷、拮据的生活状态，她要走出家门，她要踏进香港的社会。从那时始，她和他除了夫妻间性欲方面的偶尔相随之外，平时进进出出，越来越无多话可讲了。她开始在一个报馆当勤务工，后来当校对，不久学着做笔记，而后也试着给那家报社投寄稿件，并发表了。从此她一发而不可收，不久她成了一名记者。而他呢，只感到无奈。

而他们的三个孩子，两个留校（全托），另一个最小不到三岁，托邻居老太看管。可想而知，后来大女儿年方十三就开始堕胎了。而那丈夫，因妻子出门常不回家，又加上自己经常失业，于是开始饮酒吸毒……在几位亲友的相劝和帮助下，住进了教会医院。

不久，她正式与他离了婚。自从成为记者以来，她以女记者的独特优势常给艺人、名家、商场大贾敲锣打鼓，迎奉捧场。而事后，会得到一笔笔意想不到的酬劳。于是，她很快就有了自己的办公楼和寓室。现在，她觉得自己又开始"高高在上"了，但她仍十分苦恼。作为一个女人（应该说是当代的女人，这是她此刻所追求的），地位名誉已有了，经济也不错，只是还一直相不到一位理想的异性做她的生活之侣。为此，她凭女人的魅力和她自己独特的能力，在那大千世界的万千单身中，觅呀寻呀，不是错过了机缘就是悔过了时间，她痛苦，她挣扎，仍留下一片灰白。

有一天，她独自面对茫茫沧海，突然领悟到，与其天天为他人捧场喝彩，不如给自己立碑树传，也不枉人生一趟。于是，她开始着手写自传。

而天有不测之风云，一场突如其来的政治风暴，又在一夜间席卷维多利亚海港。那风暴又无情地将她从那居高临下的位子上，"刷"地冲下来……翻滚到茫茫无际的海上，漂啊漂，漂流到大西洋彼岸……

当时的她，像漂泊在一片船板上，忽沉忽浮。为了生存，她在绝望中忽然拼命地抓住了一根破碎的缆绳。一条文化的垃圾，一位贪吃懒做的、为所欲为的、西方典型的颓废派。他的名字叫马得力·法朗斯。

马得力是一个对什么都感兴趣，而对什么都不负责任的人。那是一个寒冷的冬天，在布鲁塞尔的一家中国餐馆里，他与她认识了。当时的她，出于一种寻找"居留"的机缘，而当时的他，出于长期的孤独和寂寞。凭她那蹩脚的英语和他那主动热情的搭讪之态，没多久就把这俩人牵连在一块儿了。彼此都没有进一步的了解，也来不及了解，就在一个灰蒙蒙的上午进了教堂，用不了半个小时婚礼就结束了。同一天下午，她的居留证就在警察局里拿到手了。那一晚，她在自己的日记本上写道：人生真是一场虚幻的梦，与一个几乎陌生的人在一起，就像同坐一辆公车，或同坐一艘轮船，几个小时，甚至是几天，那是蛮有趣味的，免得长途旅行中的无聊和寂寞。但长年累月天天在一起，加上两种文化、风俗、习惯、社会环境、历史背景等的差异，很快就出现明显的裂痕，甚至是水火不容……于是，她在梦呓中绝望了。

他们的婚姻勉强维持了三年（她总算得到正式居留证，离弃他也不至于被驱逐国境），他已经腻透了这个女人。她再也不能与其生活下去了。他们终于分道扬镳。不久，她得了重病，经医院检查结果是晚期肝癌。而就在她重病期间，她却写了不少东西。在她临终前三个月，她写了一篇名为《忏悔的灵魂》的小说，寄到东南亚一个征文刊物去了。剩下的几个月里，她一直在续写她的传记体长篇小说，将近三十万字。

据说，她是去世后第三天才被人发现的。在她生命的最后的那些日子里，她几乎天天把自己反锁在房里，不会客，不发信件，连她平时最喜欢的电话筒也给折断了。当人们来收拾她的遗体的时候，却发现她的床头还放着一张未写完的诗句，上面写道：

一场虚幻的人生之梦即将结束

一条苍白的路即将走完

死的灵魂拯救不了生的罪过

生的遗憾可带进死的棺木

遗憾我从小没有父母之爱

遗憾我终身没有爱情之爱

遗憾我毕生没有子女之爱

纵然有……

　　写到这里，那字体开始歪斜起来。可能是来不及写完，死神就把她召走了。

　　可见，她是带着几大遗憾离开人世的，匆匆地结束了她那坎坷、狂妄、寂寞的人生。听说，最后那段时间，她很想见见她的三个孩子，而她去过的信都像石沉大海。那位她最疼爱的老二，却在她最后一次住院前与她口角了一场，带着自己的女朋友离她而去，再也没有信息了。这也许是她生前遭受的最大的致命打击吧。在她的自传里她提到：她与马得力在三年的生活里，经常闹得你死我活、打得鼻青脸肿，离婚之后，她感到从来没有过的轻松和愉快。而不幸的是，却被病魔死死地缠着不放。有那么一段清静的时间，她在寻找无数涟漪般的反思，她一想起她的养父母，就感到阵阵剧烈的肝痛，甚至流出了一滴滴带血的眼泪，以至染红了她的衣襟。她想起孩子他爸，一个诚实善良的男人。"假如将时间向前推移十几年，我们也许就不会离婚。"她自言。或许，或许，我的孩子们……太晚了，太晚了，带回去吧，都带回去吧！就这样她带着这么多已经想到的和还没有想到的遗憾，离开了人世。

就在葬礼仪式即将结束之际，一位修士给主持葬礼的牧师递上一封信件。于是牧师打开信封，低声念道：秦彬红女士的短篇小说《忏悔的灵魂》，荣获特等奖，奖金三千美金……

这儿不讲人情

中国人最喜欢讲人情，或许这也属一种民俗吧。不管漂流四海不是跨越国界，总时时处处脱不掉这人情之俗的观念。

张三想到英国去留学，其父就要预先千方百计地设法寻找在英国的什么所谓的熟人或远房的亲友，即使一百年没有来往了，寻着了、用着了，仍可以一切拜托。

李四想出国寻找飞黄腾达的出路，找他外婆太外甥的外甥，结果也真的成功了。

可是，出了国以后这人情仍在延续，他想靠自己唯一的所谓亲戚找工作，并以为在此有靠山了。而在此拼搏了十年几十年的老板，人情淡薄了，他们讲实际的利益。你吃不了他那里的工作之苦，你适应不了他那里的工作环境，对不起，他只能对你说："另找他处吧！"于是他失业了。起初，他只能先回到他那外婆太外甥的外甥那里求助。一两个月仍找不到工作，他那远亲也无奈地叫他自寻出路。他才突然感到，这儿的人不讲人情。这里毕竟不是中国。在中国无论如何还可以找人说情，在这儿不行！他感到从来没有过的孤独、苦闷。他有很多很多的牢骚要发，可是对谁发？有一天，他不知在什么地方，用手捶敲墙壁，竟捶得双手背鲜血淋淋。他流浪过街头、车站。他觉得这个世界太不讲人情了。

几年以后，他在难民营里学会了一点点荷兰话。有一次，他问一个相识的荷兰人："你们荷兰人对人这么和气，讲礼貌，无论哪个人多的公共场所，从不见拥挤吵架的现象，那么，你们一家人和亲戚之间一定是亲密无隙的吧？"那个荷兰人只听懂"家庭"（famllie）这个词意。"亲戚"这个词他听不懂，也不解其意。后来，他对那个荷兰人说："比如舅叔、姑姨"（Oom Tante）。那荷兰人回答："我的Oom、Tante只能从小时候寻找记忆了。成人之后，除了父母兄弟之外，在我的印象中几乎不存在其他的关系。至于表兄弟、表姐妹，除了个别的之外，见了也不认识。反正，人人都走自己的路，谁也靠不了谁。要靠自己……"

听了这番话，他觉得自己突然猛醒过来。孤独消失了，痛苦也没有了。他振作起来了，看到了前面有一条延伸漫长的路，正等待着他去拼搏！

三个兄弟的苦恼

　　父亲是二十世纪七十年代来西欧的华侨。他先去意大利，又去西班牙，八十年代初来到荷兰，在亲戚朋友的东凑西借下，好歹也开了一家中餐馆。在那个年代里，不管是谁，能开起餐馆来都有钱可赚。经过十多年的努力，一家三兄弟在父亲的严控和帮带下，也先后开起了三家中餐馆。

　　兄弟三个，据说老三最机灵，很会投机取巧。年仅十八岁就和一位同龄的荷兰姑娘同居上了。父母先是反对与荷兰人恋爱，后来干脆不理也不睬，觉得他们还是小孩子在摆家家，所以也没有经济援助。惹得他有时候宁可在别人家餐馆帮忙，也不回家帮厨。

　　老二，二十三岁，人长得还挺俊，就是有点儿傻气。他只知道油锅、饭面，饭面、油锅，如何经营管理却一窍不通。一位大老板的女儿（胖得肥头肥脑的），曾对他垂青，她问他：“假如你要结婚的话，你爸能给你多少财产？”他答：“我不知道，目前是不会有财产的，我还是我爸的工人呢！"第二天，那女的来了电话，给吹了。

老大，二十七岁，相貌看去像个现代的"猿人"，尤其是那摊扁的鼻子，怎么看，都会使人联想起"猿人"的形象来。但他特勤劳，一天到晚不会休停，忙在厨房。听说他十几岁来荷兰，没上几年的荷文，因那时餐馆特忙，他必须上班，就干脆辍学了。人们曾议论，怕他很难找到对象。去年春天，他特地回中国相亲。一个半月之后，他带了一位城里的姑娘，风光潇洒地回来了。其实，他连国语都不会几句，回国时也只能讲他那浓重的乡音土话。那位姑娘虽是位平民千金，也算读过高中。去年他回国相亲那阵子，她父母不问青红皂白，就托人讲媒牵线，好像女儿嫁了个华侨就可登天造福了。至于女婿怎么样，就不管不问了。更何况侨外的现实环境如何，谁愿意想得那么多呢！

她被顺利地相中了，父母高兴得摆了几十桌酒宴送行，而她却飘飘然似的上了飞机。十几个小时之后，来到了一个完全陌生的国土，一张张陌生的脸，好像都在向刚来的她挑战似的。他们来到了自己的家，却还没有属于自己的夫妻房间，起先只能睡在统铺一样的宿舍里，后来才从仓库的角楼里隔了一间小房，那就算是他们来荷的洞房了。她的思想开始浮动起来了，觉得这只是一场噩梦而已，不可能是现实。她是个性格内向的姑娘，话不多，于是学会了抽烟。而他呢，生活规律似乎老样，只是在厨房之余，还可以要她作乐，其余的他都没想。他一年到头没向爸拿工资，也不问她手头是不是有钱要花。小两口开始从无言相对到拌嘴吵架了。有几次，她觉得自己跟他吵架都不值得。不久后的一天，她悄悄地走了。他们说她失踪了，一直没有找到她。

女人只想有个家

　　这些日子，她显得越来越瘦，越来越苍白了。从远处看她，瞧她那身衣着打扮，好像只有三十多。走近来仔细一看，至少四十出头。她个子不高，相貌长得不漂亮，倒挺端正秀气的，只是脸上很少有笑靥。而且，尽管抹了一层层的珍珠霜，仍遮掩不住脸皮底下那一块灰色的乌云团。一位八卦先生说她不走运。她觉得是这样，所以很是晦气。

　　来欧三年了，先去意大利、法国等地，算是转了半个欧洲，后来到荷兰，这一待也两年了。前不久经一位朋友介绍，说想来和我谈谈心。下面是我俩的对话：

　　我问："当时你为什么要出国？"

　　她答："因为我离了婚。"

　　"为什么离婚？"

　　"因为条件太好了。"

　　这话我听懵了。俗话说：柴米夫妻，只有因家里条件太差而离婚，或说是感情不和而离婚，没听说条件太好而离婚的。我又问："你们有什么好条件？"她深深地叹了一口气接着说："我俩曾是同班同学，我们彼此的父母又曾是同一个学校的同事。他曾是印刷厂修理工，我是印刷包装工。婚后有一个女儿，凭着省吃俭用，日子过得蛮不错，手头还有一点积蓄。自改革开放以后，我停职出厂学开车，不久家里就渐渐地富裕起来了。他看我有出息，随后也出了厂，办了一个服装批发部。想不到生意很快也打开了，只见他三天广州，四天北京的，慢慢地不顾这个家了。起先我以为他工作忙，没有怨言。可时间一长，问题出来了，原来他不仅在外养了个女人，本地还有几个相好。这是我结婚多年万万没想到的事。

"那是我出厂后的第五个年头。我痛苦极了。悲愤之下，我提出了离婚。起初他不同意，请求我看在孩子的面上，不要离婚。我说，假如你是一个有德行的父亲，你就不该……不会去做这种缺德的事！我说，我要离婚，我要让那些没了良心的男人知道，一个没有善良妻子的男人是永远不会有出息的。就这样，不久我卖了小车，托人偷渡流浪出来。在捷克通往意大利、法国的山路上，我们差点儿被闷死在油罐车厢里，两天只吃几片面包。但，当时我就是被闷死或饿死，我也甘心。不过，我做鬼也要回去泄那怨恨的。

而如今，唯一使我日夜揪心的，是我那可怜的女儿……"她说到这里，声音有点颤抖起来。我明白和理解她的心情，但我问她："你这几年在这儿的生活感受怎样？"她抬起头来，像摔倒了刚爬起来一样，说："我太想我的孩子，我希望有个家！"

原谅我吧

亲爱的云：

　　这是一个寒冷的冬天，还不到四点，天就渐渐地昏暗下来了。自从那次在餐馆里通了电话至今，已经快四个月了，我一直没法给你写信，当然也无法收到你的来信，因为三个月前，我被老板解雇了。原因很简单，老板不敢雇佣无居留证的人了。自9月以来，荷兰警察局及税务部一起配合，对所有的中印尼餐馆进行大检查：一查偷税漏税；二查无居留证黑工。以前，如查有这两种情况，只作违反经济法律，严重的罚款就算了结。而如今查有这种现象，作为犯罪行为，不仅罚款还要判其囚刑。而荷兰的税收之重是全欧洲闻名的。苦干实干的中国人凭自己的手艺，但如不搞点花招的话，恐怕连混面包加水、电、房、车等费用都会成问题的。这里70％的中印尼餐馆都是家庭式的"行业"，丈夫做厨房，老婆当招待，大点的孩子放学回来帮帮忙。但一般中小餐馆的厨房内至少要有三把手：炒菜、油锅、炒饭面，没有这三把手，餐期上来就出不了餐。因此，即使是家庭式的餐馆，至少也得请一两个"黑工"来做厨。1990 年以前，听一位伙计说，这里找工很容易，这儿辞工那儿就有工作，而且只有工人回老板，而没有老板辞工人的。1990 年至 1992 年每况愈下，尤其是 1993 年，像我这样花钱偷渡出来的人越来越多，比比皆是。甚至老板经常深更半夜被陌生的电话铃闹醒，先问老板有没有工可做，老板说没有。接着就说，我是十几万人民币偷渡出来的，找不到工作，只好对不起，请你资助荷盾一万至两万，明天下午三时许来取，望准时无误……但不许通风报警，否则当心你的脑袋。第二天下午三时整，来了三个小伙子，操着老板家乡的口音，选了一个合适的位置，点上了几个名菜，享食一顿美餐之后，就说明了来意。担惊受怕的老板，跟他们的年龄相差不大，吓得面无血色，祸不单行，只好集凑了 1 万荷盾拱着双手说："对不起，兄弟们帮帮忙，我这儿只有 1 万荷盾，多了拿不出，请方便吧……"这三个小伙子见这老板挺老实，还算守信，于是接过 1 万荷盾，连谢也不谢，迈着大步子跨出餐馆。

　　第二十星期，老板又接到司法部的通知，老板不怎么认识荷文，请教他的账房。账房连比带画地告诉他，他听了以后，像傻了的木鸡一样，呆愣了很久，很久。那晚，风刮得特大，雷霆闪电，一场罕见的暴风雨来了。几天以后，电视报道了两条重要新闻：南部地区遭严重水灾，东部地区几家餐馆受查监。几个非法居留黑工，当即被遣送回国……一天，老板模模糊糊地对我说"小强呀，实在对不起，我们这里用不了你了，你自找生路吧……"他的声音很凄惨，边说边往角楼上走去，他的背影使我想起"林家铺子"的老板。

云，我就这样失业了。我第一次感到无家可归的真正威胁。我提着两个手提包，去找一个曾替他做过工的陈老板，请他为我找工作。他为我做了不少努力，打了十几个电话，所有的问答均千篇一律："有居留证吗？""没有。""不敢用。"在他那里，我厚着脸皮住了5天，最后也是他无可奈何地对我说，他们也将遭受同样的"查监"，尤其在周末。我很明白，我必须尽快离开那里，但往哪儿去！！

当时的我，眼瞳陷在潮湿的黑孔中，举目无亲。老板是现实的，我也是现实的。我必须走，走，走，到哪儿去！我不知道。那是一个星期六的晚上，天黑得可怕，我从陈老板的店里出来，抱着两个似乎隐藏希望的提包，冲着劈头刮来的冰风冷雨，盲目地朝前走。走着，走着，发现前面路旁有一个电话亭，突然想起，笔记本上还有几个熟人的电话，我好像在溺水中抓住几根救命的稻草一样。打了半个小时的电话，回答几乎是一样的无奈，有的表示同情，但帮不了忙。有的说，愿帮我再打听打听。有的干脆说，毫无办法，像目前这种情形，还是前所未有的。我放下沉重的电话筒，将自已关在电话亭不知多久。

我恨自己太无能，为什么当初非走这条路不可！云，我觉得自己在做梦，梦见我正站在咱们的小布店里，你正在后面的厨房里，为我烧煮我最喜欢吃的大蟾蟆……我们的儿子正抓着我的手，要我把他放在我的肩膀上……突然一个荷兰妇人拉开门来，我这才从梦中惊醒，原来这里不是家，是电话亭。当时，我的心真的抽搐起来，我竟情不自禁地死死抱着两个提包，一个视作你，一个视作儿子。我对着两个提包说："对不起，我不应该离开你们，原谅我吧！原谅我吧！"我猛烈地亲吻着它们，发疯地跑起来……后来，大概是摔倒在靠近火车站的人行道上了。当我醒来的时候，看见旁边站着两个警察。我先是惊吓着要从床上逃走，可被警察按住了，从理智上我知道我被扣留在警察所里了。

几个星期以后，我被送进一所叫"AC"的难民营里。这封信是我从难民营里托一位翻译给我寄出的。我请求她，让你的回信寄到她家，转交于我，她允诺了。

云，店里的生意如何？那几万借款全还清了吗？

事到如今，我才真正地体验到：自古以来，那些背井离乡、流浪异国的人们，那种"天涯楚楚难归路"的悲凄寒碜的心境。

也只有远离家乡的人，才能倍感家乡亲……

你的丈夫国强 1993 年 11 月于荷兰

亲爱的强：

这几个月里，断了你的信息，我的眼角直跳得厉害。我预感你会不幸，几天来我天天做噩梦，梦见你出了车祸与我们诀别，还梦见你被警察送回国，因一时不敢见亲友，我把你藏到我老家云溪山上去了……

我们的小儿力成已上小学了，只是他常常问我要爸爸。原谅我吧，强。当时，要不是我出这个主意的话，你是不会走这条路的。你知道吗，当我读着你这封秘密寄出的来信时，泪水止不住地从眼角里淌出，正在我旁边桌上吃饭的儿子问："妈妈，你哭什么！爸爸在外国好吗？……"我不能用言语回答，只是抽泣着摇摇头，又点点头。于是，他放下筷子，扑到我的怀里，眼圈红红的。一个七岁的孩子，他已感觉到，此刻的爸爸一定在遭受不幸……为了不挫伤这幼小而纯洁的心灵，我立刻强烈克制自己，转哭为笑地对他说："爸爸一切还好，只是很辛苦。你快吃饭吧，好孩子！"我边说边紧紧地抱着他亲了一下。你可以体味，那一亲含着怎样的希望和感情。"今晚，我们一起给爸爸写信，妈妈。"

夜深了，成儿已在床上睡熟了。也许，他正做着和爸爸一起去超级乐园的美梦呢。上床前，他给你写了几个歪歪扭扭的信字：

　　爸爸，您好！

我很想念您。

您的力成。亲您。

强，你走后，上半年经我的各方努力，独自经销的布料赚了将近一万元人民币。加上你几个月前寄来的荷盾，借款已经还了一大半。

可是，由于我的生意不错，使几个同行小人红了眼，并故意挖我的墙脚。下半年的生意就明显不如上半年了。而一个更令人不能忍受的是：几个月前，一个外地商客来谈生意，白天的买卖都已经做成完毕，而他突然晚上来敲门，说是账算错了。为了生意面子之见，我让他进了门。不料他酒气冲天地冲着我胡说，并手舞足蹈地耍起无赖起来……我立刻叫小力成从后门跑出去喊救命。（幸好那家伙不懂地方话）……幸是几分钟后，就来了几位邻人，那醉鬼被连揪带拉地抓到警察局去了。从那以后，我就请我老父每晚在咱家护门了。但是，事后一些幸灾乐祸的人竟胡扯一套，说我跟那家伙本来就有关系，不然的话，怎么会有好生意。直至今日，我才真正地体会到一位女作家所说的"女人背上的（十字架）是双重的"这个含义。

强，我的心在流血，因为我是一个女人。假如，女人背上这个双重的（十字架）能换来我们未来、理想、幸福之家的话，我还可以以一个理智女性的意志，继续承担这个重荷。可是，今天看了你这封秘密寄出来的信，不得不使我昼夜难眠，思绪翻腾：近年来，道听途说，国外谋生越来越不易。为什么至今仍有不计其数的人们愿不惜代价走"黄牛"之路！是呀，为什么明明都说"月是家乡的明"仍往乡外跑！

只愿我们的国家尽快地富强起来，胜似西欧各国，愿一切流离颠簸的侨胞结束寄人篱下的流浪生活；愿我们的亲人早日回归祖国的怀抱。

原谅我吧，国强！

你的爱妻丽云上

自误

在西欧，这个五花八门、无奇不有的自由世界里，假如没有一定的思想素质和人格意志的话，就很容易陷入"自误"的沼泽，虽然不奇怪，但遗憾！

前几天，和我认识不久的留学生 T 小姐，突然非常沮丧地来到我家。她的神情十分痛苦，一定是遇上了什么难言之隐了。一个无亲无戚的女子，独自在这异国他乡，如生活、思想上碰到问题或困难，既无人可以诉说，又无人给予开导，那就真像个精神病患者无处可以医治一样可悲至极了。

是这样的：T 小姐来荷留学为期三年的日子，已经过去了两年半，再过半年的时间，按规定她就即将起程回国了。而她在这两年半多的留学期间，学习进度很慢，成绩也很不理想。因此，她产生了留下来的念头，据说她的父母也都有这个希望和要求。作为一名女性，想要在此居留下来，一个最简单的办法就是找个异性同居或婚嫁。于是，出于这种心理和所谓的现实要求，她在一张华文的报纸上看到了一个引人注目的"征婚"广告。广告注明：×××地理学教授，现龄四十六岁，中年丧偶，征一年轻女子，有无居留证均可，有意者请来电或来信。电话……地址……

T小姐阅完这个广告，就像万里有缘觅知音似的，当晚即给他写了一封温柔绵绵的信。第三天，她也收到了他那情深意长的回信，并邀请她在海宫酒楼饮茶相会。那一日，她着实把自己打扮了一番，无限欢心地去了。

当她迈进那富丽堂皇的海宫楼时，心像压不住似的蹦蹦直跳起来。整个酒楼格外宁静（原来是星期一，一般不开门，所以没有来客）。一位招待将她引到酒楼的尽头，他介绍道："这位就是×教授。"她愣住了。他根本不像一个四十多岁的学者，倒像个六十多岁的江湖佬，干瘦瘦的，一点儿男人的血气都没有。可是，已经来了，总不能马上调头就走，她强作镇静地坐了下来。她问他在哪个大学授课，他递给她一张名片。她又是一愣。他说他还有一套新买的房子。从世俗的观念来说，他的条件真的很不错。

不过，那一晚，她总觉得自己是做了一场噩梦。第二天，他还连连给她打了好几个电话。第三天，她又接到他的更加缠绵而怜悯的信，并要求无论如何再见她一次面。

她是那样的无奈，带着说不清的犹豫和后怕。在第二次见面时他说："难道你一点儿也不考虑，半年后，你能真正留下来成为合法公民这个机会吗？只要你同意先和我同居或结婚，半年后你必有机会留下来。"他还跟她说了很多话，她没听到，而只记住了前面那两句：房子，居留。

　　就这样，她自愿而又不自愿地走进了他的生活。八个月后，她终于拿到了临时居留证。但他们仍还居住在他的办公楼里。而突然有一天，一位五十多岁的女人，气冲冲地闯了进来，声称：我是他的老婆，我们的儿子都比你大，你这个婊子。

老外眼中的中国人

在一个偶然的场合，我碰见了一位画家朋友 Maik 先生，他很敬重地对我说："在西欧所有的外来族中，唯有中国人给我的印象最佳：吃苦耐劳，勤俭创业，很少人等而要之，并希望自立，他们很少拿失业金。瞧，目前的中国餐馆星罗棋布。但，恕我直言……"他停顿了下，接着说："但是玩赌成疯（风）。"我说，你有什么根据吗？听我说下去吧，他说：

"我现在居住在鹿特丹一所公寓大楼。三座十间十层楼，成一个公寓区，这儿大部分居民来自摩洛哥、土耳其、苏里南等。"据我所知，只有两个中国人。一个是刚分进来的青年难民，另一个就是我隔壁的那位中国老头。他住在这里已经十多年了。他矮矮的个子，一双典型的中国式小斜眼，平扁的鼻子，经常穿一身中式的黑服。他似乎不大说话，或是不大会说荷语。而上个星期六，他在电梯上遇见我，请我到他房里喝咖啡，我欣然接受了。

　　"他的客厅虽然和我的客厅一样大，但摆设完全不一样。除了一张两人的旧沙发外，还有几张厨房里用的硬椅子，一个金鱼缸和一个小鸟笼，还有一台电视机。而最引我注意的却是墙上的几张相片。他见我对此感兴趣，于是对我很深沉地介绍道："这位是我先前的太太，这三个是我的孩子，那张是我们的全家照。"我这才知道，他也曾经有个美满的家。

　　"为我斟了杯咖啡之后，他似乎非常悲伤地告诉说，自己是中国广东人，二十多年前随叔父从香港来到荷兰；七十年代中，在叔父的帮助下，连妻带子的，开了一家中餐馆，经过全家大小的努力，生意蒸蒸日上……说到这里，他停了下来，点上了一支烟才接着说，都怪我当时跟着几位所谓的朋友，瘾上了卡仙奴（赌场），每星期至少一次，而且通常都是在星期日收工后，无论多忙累，卡仙奴一定要去。我们在此没有其他娱乐，所以那里是我们唯一可以寻找刺激的地方。一到那里，就会令人忘乎所以，起初赢了几千，之后就更来劲了。后来呢，就一输再输，几个月以后，没想竟输了几万。当时还不甘心，结果越来越大……到了不可收拾的地步，只好将餐馆也卖了……妻子带着孩子都回了香港，再也没回来。讲到这里，我发现他的声音是沙哑的。

　　"这是他一个多星期前告诉我的事。可是最后一个星期六，他又去了卡仙奴，意外的是，他一下赢了十万荷盾，当时就像发了疯一样，请每一个在座的免费喝酒，在座的百分之八十是中国人，直至通宵。大概凌晨5时，几位朋友请了一辆TAXI送他回了家。可是，第二天他却再也没起来……"

听完了他的故事后，我感到一种说不出滋味的压抑！为什么吃苦耐劳的中国人，除了工作就是Casino(赌场)呢？有一位老外甚至还说：赌是中国人血液里流动的一种毒素！

真的吗？我不服，但这也许是事实！？

她为什么要投海

当北海湾的风又一次吹进荷兰这低于海平面之大陆的时候，云华姑娘正披头散发，痛苦欲绝地朝着那深广莫测的海面，沿着沙滩一步一步地向海水迈进……她那苍白的脸色和摇晃的步履，引起不远处一位年轻人的注意。只见她，仍是一步一步地行进。突然间，只听见"阿妈……"一声惨叫，一阵大浪将她卷进了水中……瞧那样子，她并不会游水。说时迟，那时快，那年轻人迅速冲进海水，朝着那被海水卷走的姑娘奋力游去。经过几分钟的努力，他终于将那姑娘拖上了沙滩。她的脸色灰暗，但心脏仍在跳动。他立即为她做人工呼吸……与此同时，沙滩上的另几位游客，已及时电请了救护车。

经过急救之后的姑娘终于苏醒过来了，但她仍闭口不言，像个哑巴，或是她不懂荷语。一个半小时以后，来了一位翻译，而她仍只是伤心地哭泣，什么也没说。三天之后，她必须离开医院。可是她身上什么证件也没有。根据司法部的人道主义条例，她将被送往临时居留所。看她当时的样子，像个精神病患者一样，神志不很清楚。

难能可贵的是，那位救她出水，又在医院陪了三天的男青年是一位荷兰学生。他始终觉得，她的行动思想，或清或糊，一定是遭到了什么难于启齿的不幸。于是他大胆地向医生和警察要求，假如许可的话，是否让她暂时住在他家里，居住疗养察看一个时期。警察许可暂且逗留半个月，以便察看，但每天要派往医生和翻译。一个星期后，她的神志慢慢清醒过来了。

原来，她来自中国浙江的一个乡镇。一年前，跟着父亲一起托欧洲的亲友"买"出国来（其父至今未到达目的地，滞留在苏联）。前些时期，经一位朋友介绍，来到荷兰北部海边的一个小镇上，在一个中国人开的薯条店里打工。这是一个家庭式的薯条店，除了老板夫妻，一个内侄和她之外，还有四个不到十岁的孩子和一个上了年纪的老太婆。十九岁的她，除了帮助店里接待打包，还要照顾孩子和家务，工作再辛苦也可以忍受，而人格的污辱却是不可忍受的。一个多月来，那死皮赖脸的老板，说话不分轻重，还在背地里冷不防地，动手动脚的。在刚到的第一个星期里，她就气得想立刻离开这个"鬼店窝"。可是朋友们告诉她，在西欧就是这么回事，无处不有，任何一个环境，几乎都将有使你毛骨悚然的事可以见闻，主要凭自己的人格和意志，眼下工作又非常难找，只要不出事，能熬就熬下去吧。

那是上个星期三的晚上，店里不忙，十时半就打烊了。她想冲完凉早点去睡觉，明天休息早起去看望朋友。她像平时一样，冲过凉立刻走进自己的睡房。没想到，一进门却只见老板和他的侄子（十七八岁），酒气冲天的，活像两只披着人皮的畜生，一个抱着她，一个去锁门，不等她喊叫，就用一块布塞住她的嘴，然后又将她的双手捆绑起来……更卑鄙无耻的是，事后还威胁她，不许她将此事声张出去，否则他们将立刻报告警察，把她驱送回中国。于是，她想到父女出国时欠下的债，想到还在半途的父亲，想到家乡的母亲和弟弟，想到自己在此的前途，她绝望到了极点……在那个"鬼店窝"里，无能至极的老板娘只是表示无奈，那七十多岁的老太婆更没有说话的权利。天呐！她高中毕业，在家乡的时候，她对"出国"和"华侨"充满着向往和崇拜。没想到自己竟在这短短的时间里，就被这盲目的向往和崇拜所糟蹋。她想哭，而流出来的是血不是泪；她要控诉，可是她觉得四壁黑黝黝的，去往哪里！！

SORRY

那是一个寒冷的冬天，周末的上午，陈山只穿着背心T恤，匆匆忙忙、心神不定地穿出小巷，走进大街。那神态好像是做错了什么事而忐忑不安。星期六，荷兰人也爱睡懒觉，大概十点多了，街道上几乎没人。他正这么低头自慰，却冷不防好像撞倒了一位老妇人。"真糟糕，我在此刻怎么会撞倒她呢？"他惊慌失措地将她扶了起来一看，奇怪，她不是一位老妇人，而是一位妙龄少女。她红棕色的头发，细白脸，蓝眼睛，只是衣着不很时髦，神态也很疲倦。大概是因我的碰撞而引起的吧，他想。他向她道歉，并问她摔着了没有？她睁大双眼，神秘地将他上下打量了一番而什么也没说。这时，他才忽然明白，她当然听不懂他的中国话。于是立即想起一个简单的词"Sorry，Sorry"。可是，转眼间那少女已拐进他刚才出来的那条小巷不见了。他感到十分沮丧晦气。

一阵冷风使他打了一个寒战，牙都哆嗦起来了。他把双臂紧紧地交叉着放在胸前。刚才那位少女，也许以为我是个叫花子，或是个疯子，不然的话，她一定会与我说上几句的，他想。实际上，他此刻的情形真像个乞丐。因为实在太冷（昨天还下过一阵子小雪）。他有意无意地推开一家超级市场的门，无所事事地溜达起来。走出这一家，又进入另一家，从这个柜台转到那个柜台。"快过年了，买一件衣服寄给我中国的妻子，她一定会很高兴的。唔，那双鞋给我儿子不会太小吧……"此时迎面过来一位态度温和的服务小姐。她问："早上好，先生，我能帮你一点忙吗？哪一双鞋你觉得合适！这双是法国产的，款式新颖。那双是意大利产的，质量保证……"他见她如此引说解释之后，便伸手指着一双牛皮筋底的棕色小皮鞋说："这双。"女服务员非常热情地将那双鞋从鞋架上取下来放进盒子，并带他来到结账台前。"75盾，先生。"这时的他，满头大汗，我怎么如此糊涂啊，明明身上什么也没带，还买什么鞋呢？他惭愧而不安地将双手本能地不时往裤兜里摸索。最后，结结巴巴地说"Sorry，Sorry"，并摊开双手，表示自己忘带钱了。于是，只见他涨红了脸，十分丧气而无聊地溜出了这家商店。外面的寒风直刺入骨。恍惚中，他不得不又走进一家副食品商店。眼睛一接触到玻璃柜里的各种食品，才想起自己还没吃早餐，开始饥肠辘辘起来。这会，他可是清楚地知道自己口袋里分文没带，而十分侥幸的是，裤兜角里还有一支几乎揉成两段的香烟和一个老旧的打火机。于是，他毫不犹豫地点上火，抽起烟来了。神哪，抽了几口就觉得心神安定了许多。此刻，他正站在食品店的暖炉旁，身子也暖和过来了。再抽几下吧，突然有人在他的肩膀上敲了两下："No Somking！"（这里不可抽烟！）只见一位荷兰人，边说边比画着手指，态度十分生硬。他立刻知道，这里是禁止抽烟的。马上掐掉烟头，随口又说："Sorry,Sorry."并仓皇地走出了食品店。就这样，从十点到十二点，他将这个小镇子的二十来家商店都窜过了。当他走出最后一间商店时，从正侧面教堂顶上的钟楼上传来了"叮当，叮当"的鸣钟之声。那大小时针正像一对相见难离的夫妇似的，直竖在一个点上。迎面又刮来一阵无情的冷风，仍带着霜冰似的寒气，他仿佛觉得这街上的人们都在惊异地看着他。"我可以回餐馆去了。那查税务的公务员也一定回去了。"想到此，他又将双臂交叉着往前胸紧裹着，朝着大概300米远处那家他工作的中餐馆走去。突然，一辆白蓝线条的警车"吱"的一声在他的身旁停下了。一位高大而满脸鬓胡的警察从车上下来，对着他说："请出示你的护照，先生。"此刻，他的脚像散了的骨架子一样被粘在了地上。他对这个词很敏感，未出国前就明白其含义了。于是，他本能地摇摇头，口里又不自觉地吐出那个词"Sorry"。警察毫不客气地将他带进了收容所。

　　大概是有几家商店的人怀疑他是个非法流窜犯或是小偷

之类的，就通告了警察局。所以，就在他走回餐馆的几分钟里，被抓住了。他脸色苍白。一位警察给他拿了一件披衣，而他觉得这比在外头时更冷，浑身颤抖起来，脑子也开始昏昏沉沉起来。

"啊……"一声惊叫，他从万丈深渊的谷底里走了出来……昏迷中，他终于慢慢地苏醒过来，而四肢像瘫痪了一样，一时无法坐起来。只见床前站着他的伙计，见他醒来了，于是就叫他"阿山，你刚才一定在做什么噩梦吧！你好像一直在跟人说胡话，把我吓死了！你在对谁说Sorry, sorry。"

那天醒来之后，真像得了一场大病，迷迷糊糊地如丢魂掉魄似的。他发现他躺过的床上潮湿湿的，掀开被褥一看，吓了一大跳，床垫上，甚至床底下都有一个深深的人印。这天，他不得不向老板提出休息一天。那一日，他忍不住给中国的妻子挂了一个长途电话。从电话里，他听到妻子的第一句问话："你什么时候设法将我带出去！某某、某某人也都连妻带子地出去了。否则，否则，我不能再等了……"接着是她在电话里的哭泣声。于是，他想把那噩梦中的情景告诉妻子，可是没来得及，电话已经断线了。他又开始像睡梦中那样，全身麻木起来，并自言自语地、毫无力气地喃喃道："你不能出来，千万不能再出来！……Sorry, sorry……"

就这样，他呆若木鸡似的把自己关在小电话柜子里很久，很久……

广利桥头的旧事

我出生在中国江南一个山清水秀的中等城市。记得小时候家住城南，每天上小学时都要经过一条叫"广利桥"的中心道。顾名思义，"广利桥"道，是个以桥为中心的广利集市场，市场两头一边通向郊外，另一边通向市里。每天从清晨到中午，市场里有各种家用什物及日常生活食品，价廉物鲜；来自城外四面八方的郊外小贩或农民，每天到这里出售，叫卖他们自家的家禽、蔬菜等，场景十分繁荣。

而当我每天放学经过那里的时候，交易场上繁忙之景已消退。这时的我，常常会痴痴地靠在那桥头两边的石狮子头上，望着桥下"叮咚、叮咚"缓缓流动的河水，据说这水就是当时郊外和城市的分水线。

有一天中午放学回家，我照样经过广利桥，没想到广利桥头围着一大群人。我走了进去，听见人群中有一个伤心哭泣的大男孩的声音。我便硬挤着钻进人群，只见一个年龄与我相仿，而个头比我高许多的男孩，手里拿着一根挑"纸蓬"（那是用稻草做的卫生纸）的扁担，伤心欲绝地哭喊着："我没命了，我回不了家了，我阿爸阿妈正等我的钱买药啊……"我站在那儿听着他的哭声，竟情不自禁地帮他一起落泪，众人唧唧喳喳地议论说："他今天起五更到现在，所卖纸蓬的钱，全被偷了……"这时的我，也不知哪来的勇气，挤过去，抬头拉着他的手说："你别哭了，别哭了，跟我来吧，我可以帮你的。"一边说着一边拉着他的手从人群里往外挤。从广利桥到我家，还有十分钟路要走。这时，我听他诉说："我原在上小学六年级，因小妹有病没钱治，家里贫穷，只好休学，帮爸妈干农活，卖纸蓬。"

到家后，我母亲愣眼看着我领着个男孩回来："怎么回事，姑娘？""妈，他今天卖纸蓬得来的钱全被偷了，没法回家了，我要把我那小储蓄盒里的十几个钱全给他！"母亲默认地点点头："好孩子，去拿给他吧。"

不知多少年过去了，听说有一天，一位军人模样的男人来到我家的旧址，询问当年这儿的主人，一位新居的主人告诉他：那位老妈妈已经归了西，那位姑娘已经出国多年了。

无雪的冬天

这是一个没下过雪的冬天，明明是冬天，可一点没有冬意，不像往年那样，人们十分习惯下几场大雪，孩子们兴致勃勃地"打雪战，堆雪人儿"，大人们忙着张灯结彩，迎圣诞……

今年没有，也许是没有下雪，人们对"圣诞老人"也开始冷落了，有些家甚至连最通常的圣诞灯也没了，有人说这是因为那家父母都失业了，经济不景气啊。

而此时的勃浪特正一个人坐在那个客厅、餐厅厨房连用的小屋里，不停地抽着烟，他开始在思索自己所做的一切：后悔？无奈，儿戏？刺激！"人生如戏"，演完这一场，而等待另一场，至于下场如何，都来不及考虑。

他的父亲曾是位军人，曾几何时，战死在那不该战死的战场！母亲不久就改嫁，那时他正好十六岁，初中毕业后幸运地考上警校。根据这个国家的法律和福利条规，他享有比普通家庭（家庭经济富裕）的孩子多一半的奖学金。刚刚可以供他一般学习生活的费用。

学校毕业后，他当了一名社区的警察，工作应该是较稳定的，他曾经结过一次婚，但不到两年就不欢而散。他开始有点渺茫，什么样的生活才是幸福的人生？在警校里，他学到了不少有关这个国家的法律、福利条规等，不久他认识了一位泰国的女人，同居而没有结婚，却生了一个孩子，加上那女人原先已有两个孩子，这样一来，他们每季度就可领到近千欧元的儿童福利费。两年后他带着女人与孩子去了泰国，光凭他们的儿童金，在那儿也可以稳稳当当地生活，偶尔他回来一两次。在不长不短的十多年里，在他的儿童金卡上一共有八个孩子。直至去年秋天，他得了一场大病，住在泰国医院里几个月，费用欠缺；院方才根据他护照上的身份号码，与他的祖籍国政府部门取得联系。

原来，他在泰国并没有多生孩子，而他的八个孩子中，有五个是虚报的。快十年了，他就是凭这样的手段骗取了政府多少万欧元。这回是从医院里被强行押回的。

"铃铃铃"门铃响了，他慢慢地站了起来，又深深地吸了一支半拉的雪茄，死死地将它按压在烟缸里，粗喘了一口气，又深深地回顾了一下这曾经蜗居过的小屋。门铃又一次响了，于是，他有准备似的提着一个尼龙袋，向走门去。

门开了，等待他的是两名持枪的警察和手铐。

时髦的悲剧

近些年来，随着网络通信、网络联机的方便与普及，人们与外来的接触交流也越来越新鲜，越来越时髦了。你如果能懂得几句英语，还可以与茫茫无边的世界联络交流，甚至谈情说爱，有经验的人还说这很方便，一点儿也不费劲。是真的吗？多新鲜多刺激！于是，带着试试看心态的人大有人在。

三十刚过头的钟青女士，出生在中国北方的一个小镇里，高中毕业没考上大学，因家里经济困难，经人介绍和一位南方来的个体户结了婚，生有一女。起初几年，个体户经营的小商品生意很不错，后来竞争愈来愈厉害，渐渐地难以维持，于是夫妻间经常出现口角，不久离了婚，女儿由她抚养。

那时，镇上的一个大企业里，招聘了一对技术员，男的是德国人，女的是中国人。他是她在德国留学的同学，后来成为夫妻，男的是汽车配件工程师，妻子为他当翻译。据说那男人的脾气特别好，男才女貌，于是这对"中西合璧"的夫妇，在小镇里被传为佳话，短短的三个月里，让小镇的女人们羡慕不及！不少女人，也不知哪来的热情，开始学习外语了。

钟青也是这羡慕队伍里的一员。她开始学外语，同时也学电脑上网。不到一年半的时间里，她学的简单英语，竟可以在电脑上用上了——毕竟是高中毕业有点基础。

两年后，她竟然在网上和一位老外谈上恋爱了，他写"I love you"（我爱你），她也写："I love you！"就从这样简单的网信来往开始，不到半年那位来自西欧的网上情人竟然来找她了。不到一个月，他们在小镇上结了婚。半年后，她竟然带着她那不到六岁的女儿一起出了国，一切如愿以偿，一切犹如梦境。这事又轰动了小镇，曾久久不能平息！

而来了欧洲后，她开始傻眼了。他既没有正式工作，也没有自己的房子（租了养老院一个单间带厨房的单身房），而且他还吸烟酗酒，一酗酒还会打她，甚至非理他的小女儿。这时的她，可怜的她，才渐渐地感到，自己和女儿像两只受骗上当的、关在笼子里无助无奈的小鹰，她常常抱着女儿痛哭……

度日如年，但还常常收到小镇那边兄弟父母及朋友的来信，甚至还有请她帮忙出国的，她一一无回。偶尔在网复件上重复着那句话："一切如常，勿念！"

　　两年熬去了，苦苦地忍耐着，煎熬着——为了三年之后的正式居留。同时，为了增加生活收入，她好不容易找到一份在咖啡馆周末打扫卫生的工作。没想到，一个周末的下午，她从咖啡馆打工回来，一打开门，只见她的这位新丈夫正在猥亵她的女儿，不堪想象，不堪入眼，她痛哭流涕地跪在地上求他放弃，顷刻间她头昏眼花地死抱着她的女儿。

　　当天夜里，当那位畜兽不如的男人死睡过去的时候，她终于鼓起勇气拖着女儿，找到了警察局。

机场上的男人和女人

　　世界上还有一些国家的女人，至今还在使用婚嫁的手段来赚钱，来支援家族，养家糊口。

　　几年前的一个春天，冬寒未消，早春缓缓来到，老头马克登的后花园里的小春花已嫩嫩地从地底下探出绿头来了。

　　那天，他十分耐心地将自己打扮了一番。白衬衣蓝西装，蓝地绿白和谐别致的斜条领带，稀疏的头发染得棕黄。他听说亚洲的女人喜欢黄头发蓝眼睛的男人，犹如欧洲的女人喜欢黄（黑）肤色黑眼睛的男人一样。经过一番精心打扮的他，至少年轻了十岁。

　　他那年其实已经六十六岁，冬天里还常有哮喘之烦。春天来啦，春天来啦，他的哮喘也将渐渐消退啦，他这么自我安慰道，非常自信地喜出望外。他又走到大圆镜子前，左右上下前前后后地照了一下，十分满意地下车库去了。

　　他驾着德国老式的 BMW，来到国际机场，他寻看着将从菲律宾马尼拉到荷兰史基普及国际机场的航班及到达时间，突然他发现一个航班将误点两个小时，那正是她乘的那一架飞机。于是他镇静了一下，走向接机处附近的一个咖啡厅。咖啡馆最里面一张桌子还有一个空位，于是他就挤到那里，问了一句："空位吗？""是的。"另两位同时答道。都明白，都是来接客人的。

　　她是菲律宾马尼拉周边乡镇里的一位高中生，家里供不起上大学，会点英语。对她来说，此时的最好出路是到西方去，嫁个有钱人，不但有自己的富裕生活，还可支援家族。于是，她就大胆地通过网站上的信息，在荷兰的一个国际婚姻介绍广告报上刊登了一个征婚广告，还放了玉照。这招还真灵！不到几周，她就收到好几个应征男人的信息。在迫不及待的心理作用下，其中一个男人还主动为她定了机票。于是，她才有了这次千里迢迢的旅程。她所乘的飞机误点了，她还真担心，下飞机时没人接她了。她在飞机上不很适应，但她最注意的是自己的外表打扮，她总是不断地要上厕所，也许是紧张，也许是为了打扮。

　　谢天谢地，飞机终于在晚上二十一点三十分到达机场，出来的时候，已是二十二点多了。因为这是第一次到国外，这么大的机场，她没走几步就要问人，哪儿取行李，哪儿是出站口？

　　当她拖着她的行李箱来到出口处时，接机口只剩下三个男人了他们是勃浪特、提姆、拿特，他们就是刚才在咖啡馆里一起喝咖啡的那三个男人。他们怎么也没想到，原来他们等待的是同一个女人……

玛斯河边

一、小序

玛斯河，是一条贯穿西欧各国的主要运河。

尽管当今时代，海陆空运输非常发达，而这条不宽不窄的运河，却是西欧大陆必不可少的纽带，每天游艇、货轮等来来往往，井然有序，繁荣而不混乱。

1992 年冬天，玛斯河遭到百年不遇的大水灾。那一天，乌云像黑涛一层又一层的，从大西洋的西北部狂压过来，雾霭中腾着污气旋徊在空中。几天里，大雨滂沱水势浩大；几天后，玛斯河沿岸几公里内的田野、村镇，几乎都被水淹没了。

V 镇是荷兰东南部地区的一个拥有一万多人口的小镇，它坐落在贯穿西欧诸国的玛斯河边，这个小小的村镇像玛斯河上的一粒珍珠，她的东面是通往西德的高速公路，南边与比利时交界，西北方向几十公里就是贯通全球的北海湾。镇虽小，但像只麻雀，五脏俱全，尤其引人注目的是一座19世纪中期开始建造的罗马式的教堂。传说18世纪末，这个镇上的一位牧师，几次梦见自己走进了一个与罗马的圣彼得教堂一模一样的教堂，而这个教堂就在这个镇上，只是规模只有真正的圣彼得教堂的十六分之一。于是他发愿：要在这个地方筹建他梦中的教堂，从计划到建成经历了将近20年的时间，后取名为"巴斯利克"教堂。正由于这传奇式的历史特色，又集中了世纪艺术之精萃的小教堂，当今时代，年年吸引了成千上万的游客。几年前，这个教堂还接待过女王BEATRIX，从此被赐名为地区性的基督教堂博物馆。因此，小镇成了一年几度的旅游胜地，中印尼餐馆也从十年前的零，一下子陆续开了三家。此外，还有意大利餐馆、土耳其餐馆、麦当劳等，星罗棋布。于是，餐馆业开始爆满。

　　"宫廷酒楼"是这个镇上历史最长的外来族中餐馆。荷兰人就称"Chinese Restaurant"。既是中印尼餐馆，他们就简称为"宫廷"。老板陈力源曾一度是这一带闻名遐迩的餐馆明星，他的出名据说主要有三大特点：其一，小小的个子，不大不小的鼻子下留着一撇乌黑的八字胡，乍一看，很像世界滑稽影星卓别林；其二，他开的车总是最新的世界名牌，而且非"奔驰"不可；其三，说他有三个老婆，起初，他只承认他有两个老婆，大老婆香云，是他们当年在香港时的患难夫妻。那时，住在新界的父亲病亡，母亲为了八个子女，常常独自一人跑到九龙给人洗刷抱孩子、拾垃圾……最后，还把不到四岁的小女卖给他人，又将九岁的他，好歹请求一位同乡收他为裁缝徒弟。由于他机灵能干，19岁就学会了一套好手艺，很受师傅的赞赏。再后来，那老板就把自己的二女香云许嫁给他。香云性情泼辣，有啥说啥，但心地善良，尤其对丈夫百依百顺。结婚以后，不仅支撑起了自己的小家，还挑起了其亡父留下的那个支离破碎的大家的担子，70年代初，香港的经济动荡萧条，在一位远房堂叔的牵带帮助下，连妻带子地迁移到荷兰。转眼间，一晃已是25年了。

那是1977年的秋天，他们夫妇经过几年的打工积蓄，再加那位堂叔的支持，开建了一家中印尼餐馆，取名就叫"宫廷酒楼"。他的思想是，不干则已，要干则就要像个样。他听说东南亚有一家号称"龙宫楼"的酒家如何如何精致豪华，独具东方特色。当时吸引了世界各地尊贵家客，真是不可一世，于是他开始做起他的宫廷老板梦。

世事不负有心人，第三年，宫廷酒楼生意蒸蒸日上，以致人手不够。经人介绍，来了位马来西亚的小姐名叫西娅。22岁的西娅春华正茂，乌黑长发下，那一对闪动而文静的眼睛给人一种"此时无声胜有声"的感觉，还有那一对动人的酒窝，千万别笑，一笑非叫那春意正浓的男子倾倒不可，她来此还不到一个星期，就有三四个青年男子来电话或亲热地请她出去饮茶。于是，这个宫廷酒楼开始乱起来了。

二、搅乱

西娅刚到那一天是星期一，餐馆不忙。晚上六时许，陈老板的红色奔驰小车在宫廷酒楼的停车场停了下来，只见陈老板小心翼翼地走出左车门，又绕过车前，亲自去打开右车门，像迎接高级仕女一般，伸手弯腰，百般殷勤地请她下车："西娅小姐，宫廷酒楼就在这儿，请下车吧！"她先把那双半裸的大腿伸出车门，然后移出那鼓圆的后臀部，手提精致的小手提包，挺着十分丰满的胸脯，踮着脚跟，袅袅婷婷地跟着陈老板从餐馆的后门进来。后门正朝着厨房，三位三十岁上下的青年伙计和一位将近五十的老厨师正挤在门口看"风景"。一个说："好漂亮的小姐，哥们儿谁有福气。"另一个说："窈窕淑女，君子好逑，是君子就有福气。"第三个说："那可不一定，正经女也怕浪荡子。"只有那老厨师半晌不语，只嘻嘻笑了两声，就回到自己的锅台上去了。

那一晚，西娅跟着老板上楼休息，没下来会识各伙计，老板说她乘飞机很累，还吩咐厨师给她煮碗面条，让另一位女会达（服侍）给她送去。那女会达是老板的堂侄女，长得很一般，人说她还缺点心眼儿，有点像红楼梦里的傻大姐，所以不讨人喜欢。在这个环境里工作，她本来就很窝气，此刻见这新来的女人，这般娇艳得体，就更生醋气。不料，老板还要她送面条给她，就醋上加醋地唠叨起来："什么了不起的女人，这样娇贵，到时还不是像我一样，一个倒茶水、擦桌台的打工妹，哼。"她狠狠地从鼻子里"哼"了一声，故意踏着重脚步，不得不把那面条给西娅送去。

二厨林志敏是大陆来的男青年，二十七八，未曾婚娶。他中等个子，宽宽的前额、挺直的鼻梁，可以称以"同"字脸的那种人。他平时说话不多，但心中有数，干起活来也是有板有调，很受老板的赞赏。可是，自从来了西娅之后，老板说他变了，变得心术不正了，他心里也明白，老板所谓的心术不正是什么意思。其实在他认为，真正心术不正的是老板，而不是他。

那是西娅来"宫廷楼"后的第一个休假日，星期三上午十点许，西娅正从宿舍的楼上下来；林志敏正从楼下上去，两人打了个正照面。不知为什么，在楼梯的转弯角上，两个人都自动地停住了脚步。"嗨，你好。"他向她先打了招呼。"你好，这么早啊。"她有点带羞地搭讪着。"大师傅今天和我换休，我想去商店买点日用品，你是否也想去商店看看？"他问得十分自然，而逛商店，正是她今天的计划，还正愁没人陪她呢。听见他这一问，她立即就说："什么时候去？"他答："要去，这就去，已经十点了，商店早就开门了。"就这样，他和她一起去市中心，但他们走路时，一前一后，没有并排，也许是第一次同行，彼此都还有点不太自然。

在一个日用品商店里，她选了一瓶高级香水和其他什物，等售货员一算账，掏出了她身边所带的钱，这是她第一次上欧洲的商店，没想到一瓶香水竟会那么昂贵，站在一旁的林志敏立刻从口袋里抽出一张单百的荷盾递给售货员。起先，她想退还香水，而他说，账已算了，再退不好意思。因带钱不多，她好像有点尴尬。于是想先回餐馆。他看出她的不好意思，就解劝说，不着急，时间早着呢，你还想买什么东西，我这有钱没问题。然后他又提议，咱们还是先到咖啡馆去喝杯咖啡吧。她下意识地跟着他，他迈着缓慢的步子问她："你平常喝咖啡要加糖吗？""要的，还要加点牛奶，否则太苦味了。"她说。

那是一家不大不小的咖啡馆，位于商店的中心区，生意特别红火。他们找了一个靠窗朝外的位子坐了下来，要了一餐点心加咖啡。喝咖啡的时候，他有意无意地注视着，有那么一片刻，两人的目光碰撞在同一个视点上，她不好意思地红了脸。他忙解难似的问："这咖啡不苦吧！"她摇摇头，表示她的回答。他故意将目光转向窗外，突然，他的目光好像被什么东西凝固了似的，她看他的神情，不解地问："怎么，你看见什么了？""你看，那是咱们店里的老板，他已朝着另一个方向走去了。刚才，我发现他在盯着我们……""那是为什么？""不知道。"

第二天晚上收工后，老板特意留着西娅，说是要跟她谈谈工作的事，他先问了几句工作上的事，然后就说："西娅姑娘，你刚到这儿处处要小心谨慎呵，不要轻易上男人的当。听说昨日你跟志敏一起去喝咖啡了（其实这是他亲自盯着看到的），这没什么，他这人很不错，工作也很好，不过，他是没有居留证的。"他把"没有居留证"几个字说得特别重，接着又说："你今后要交男朋友，或找对象，首先要问他有没有居留证，然后才……"他讲得非常诚实，而且似乎十分诚恳，以至使她有点感动，她觉得老板纯是出于对她的关心。从那以后，她果然非常谨慎起来了，有时碰上志敏也很冷淡，并不随便搭腔了。

而志敏呢，从那以后对她越来越有心，但得到的却是一片冷淡与无言。他有意，她无心。她觉得自己的确太不了解这里的情况和环境了。她想起在马来西亚，一个能干的男人可以讨上两三个老婆；在那儿男人是主宰女人的上司（普遍现象），一切都是男人说了算，尤其是那些家庭出身处境较差的女孩子。她是在那个环境里长大的，她觉得自己也需要那么一个能干的男人来作为自己的主人。

几个星期后，林志敏被炒了鱿鱼。原因是，一天有位吃餐的顾客把一盘刚出菜不久的"龙鱼游红河"很不高兴地端了回来，说是里头有一条女人的长发丝……要求退单，这事后，老板说这是志敏近来心不在焉造成的。

从此后，宫廷楼开始不宁静了，不久，老板娘香云跟老板闹了好几场。接着，那位堂侄女也不顾老板的面子而离去，三厨也辞工不干了。

三、弄假成真

林志敏一走，那连锁性的反应，虽让陈老板意想不到，但"师公有法自能解"。他立刻想出了一个点子，在华人打工仔中传出一条消息："力源老板聘请无居留证厨房两名，表现上佳者，老板为之上报劳工居留，但必须保证五年在此工作，不辞工……"这条消息，果然十分灵验。说实在的，哪个打工仔不想找个能为其上报劳工居留的老板，虽说五年内不可随便辞工，而五年就可拿到居留证了。何况你如不思量的话，五年一晃就过去了，五年后有了居留证，在此发展就有希望了。谁漂泊在异乡他国不图有个发展前程之机啊。于是，几天里打电话的，亲自前来应征的打工仔们少说也有一打之多。那阵子，从马来西亚、大陆以不同方式出来"淘金"的人很多，有些人来了之后，路费还不能还清，工作又找不到，处境十分困难，他们希望有工可做，更渴望能争取申报劳工，而老板要挑选年轻力壮的、工薪低薄的。最后，他选了两名工薪不超过1500盾，年龄不超过二十五岁的青年工仔。然后，他对这两位新来的青年说："先要试工两个月，如果老板满意，就为之上报劳工居留，否则，就无奈了。"

一阵厨房的风波过去之后。餐馆又开始红火起来了，打那以后，西娅十分钦佩老板的能干，他真有法子呢。有一时，她竟情不自禁地思索，这类男人正是自己要找对象的模式，可惜，他已是有妇之夫。一想到这儿，忽然感到一阵脸红，幸亏没有人发现。这是梦的捉弄，为了清醒一下自己的头脑，为自己冲了一大杯龙井浓茶。

半年下来，陈老板的生意兴旺，一家餐馆已不能满足需求，他要再开一家。由于他的荷兰话不错，从他几位荷兰朋友，以及报纸广告的信息上得知，荷兰的经济和人民的生活水准正在不断地趋向消费。越来越多的西方人，周末里讲究真正的休息、消遣、享受。因此，一般的家庭主妇周末都不开炉火，他们不到餐馆去吃，就打包回来全家饱尝共享。尤其是80年代以来，西方中青年人及其家庭，对那具有悠久烹饪文化历史的中印尼餐（他们称之为综合性的东方烹饪）十分感兴趣，有的甚至钟爱。因此，他开始张罗第二家餐馆。

一年后，西娅几乎学会了店面服务的一切工作程序，而且，一般客面对话也可以应付了。为了使她更快地掌握餐馆里的一切事宜，他为她特请了一位荷语老师，每星期两个上午专来为她上课，果然，她的荷语进步很快。于是，在收工后，老板总会抽时间跟她聊谈店里的事，有时甚至用荷语来试着跟她交谈，说是便于练用荷兰话。而每晚，一谈一讲常常总是到午夜或凌晨才散，这一来不得不引起老板娘香云的忌恨。有一晚，老板和西娅在楼下餐楼里谈话，一直到凌晨3点还不散，楼上的香云再也不耐烦了，于是亲自下餐楼来连讽带刺地说："你这么开心关心这位小姐，我可从不曾享受过丈夫如此这般的热情呐！孩子们都不小了，有那么多闲心，还是多关心关心你那三个孩子吧！"说完，就指着西娅说："你还是个姑娘家，头脑要清醒点，工作完了，早点休息，明天还要上早班呢。"见此情景，西娅红着脸转身上宿舍去了，老板觉得也不是滋味，但他仍当无事却又煞有介事地说："嘿，我说你对人讲究点方法好不好，你知道吗？我对她的关心是为了今后事业的发展……""什么，你家的事业发展要靠她？"她十分不解地问。"当然喽，我看她很有心智，学话、做事都挺卖力。如果将来咱们再开家餐馆的话，就可以叫她为我们掌管了。"他说，她听了愣头愣脑半信半疑地，跟着丈夫上楼了。说实在的，她是向来很佩服自己的丈夫的，她还相信他是很有计谋策略的。于是她想，再瞧瞧吧。

不过，她并不傻，在她的观察中，这新来的妞子，近来打扮得越来越妖艳了，她自思忖：我是一个孩子的母亲了，怎能跟她姑娘家比呢。她走到大柜镜子跟前，也开始装点起自己来，因为她太爱自己的丈夫了。

但她对他仍没有放松警惕，又不能随时跟着他，别无他策，就有意无意间，找些岔子来捉弄西娅，她开始摆起老板娘的架子来了。她要她每天上午九点半上班，不管晚夜几时收工，冲刷厕所，整洁餐楼……然后，要冲两杯中国西湖龙井茶，恭候老板和老板娘。长期下来，不是茶太浓了，就是太凉了；不是厕所冲不干净，就是餐楼台布没烫平，等等。西娅开始厌烦起这个环境来了，有一天晚上收工后，她又一个人独坐在餐楼的西角上，暗暗落泪。正好老板过来看到了，其实，他心中有数，知道她为什么落泪，却装着不知其解地安慰道："有什么难过的事？在此默默伤心，在这儿，我是你的担保人，有啥疑难之事尽可告诉我，我一定会帮忙的。"他的语气是那样的体贴感人，致使西娅听了之后，更伤心感动地抽泣起来了。于是，她强抑着泪水，微声小气地说；"我要辞工，我想回去，或者……"没等她说完，他就十分温和地说："你想得太天真，也太多了，哪有那么容易说来就来，说去就去的。你没想想，你病母和你哥哥还在等着你寄钱回去呢。"说到此，停了一下，从口袋里抽出一条手绢，隔着桌子放到她的手里，又用另一只手轻轻地爱抚着她的小手，她突然感到一种异常的电流在贯穿她的全身。片刻间，她将手抽了回去，她抬起头来，看到老板那双斜小而有神的眼睛正向她投注特别的热光，她羞怯的脸上泛起了一朵朵红云。无言中，听到他在轻轻地说："我的另一家新餐馆已安排就绪，再过两个星期就可以开张，到时我要调你到那里代管我的新业务，你就不再受她（老板娘）的气了。再忍受一下吧，你明白我的意思吗？"

那一晚，她很激动，激动得一夜没睡。为什么？她一时还想不出头绪来。那一晚，他也翻来覆去没合眼，幸亏香云那夜睡得很熟，没发现他的失眠。

新餐馆的开张之日，正是 1980 年的 1 月 1 日。那是个好日子，北海湾的南部地区刚下过一场大雪，到处还可以看见那尖尖屋顶上的白雪。郊外，那一大片一大片的牧场和天边的森林，仍在被风吹起的雪花中扮演着童话王国里的各种自然角色。风车耸立在雪地上，显得格外雄威，使人想起堂吉诃德的传奇故事，那接壤天色的森林和古老农舍，使人想起安徒生的童话……在冰冻的湖泊上、水沟里，到处可见大人小孩在滑雪、溜冰，好一幅冬之油画。

陈老板很相信自然的吉兆和人的命运之类的哲学，他看到那一场大雪，就打心里格外高兴，他还记得中国的一句老话"瑞雪兆丰年"。元旦前夕，国家大报 T.L 就有一篇新年之计的报道，说是 1980 年将是欧共体经济迅速发展的关键一年，云云。荷兰是欧共体的主要成员国……他边看报边想，觉得自己从各方面来看，天时、地利、人和都正合时令的。他独自思忖着，心里十分激动，似乎有一股热流正在大海里激荡，这是一股创业的力量啊！

上午 11 点，他迈着自信的步子走出新餐馆的大门，先给大门两侧的两尊镀金狮子戴上荣誉的花环，又在"宫廷酒楼"四个金光闪闪的招牌字下点上宫灯。此外，在酒楼四围的屋檐角上点了大红灯笼，檐屋上顿时都挂起各种色彩的小星灯；那色彩、那景致在这一派银雪色的自然天宇之中显得异常的耀眼闪光。

新"宫廷楼"坐落在城郊交接的一条高速公路之侧，从野外的任何一个角度看去，那宫灯，那中国古典式的屋檐，以及那两尊威严的大狮子，都给这块宝地增加了兴旺发达的色彩。

十二点整，中国驻荷大使馆参赞及外交官员，市长及其文员都陆续光临驾到，随后又有各地区的侨界名人、新闻记者等，真可谓高朋满座。这一天，打扮得最得体的应算是西娅了，大红玫瑰旗袍穿在她的身上，显出独有的女性曲线美；看上去十分文静的脸上，闪着满腹喜悦的红光。只见她前前后后地忙着接待客人，送水倒茶……忙中不乱。

市长开始致贺词，他说："我代表全镇人民和我自己，欢迎并祝贺'宫廷楼'在此隆重开张！据我所知，'宫廷楼'是本地区享有良好声誉的中印尼餐馆。它的特点是，顾客至上，服务态度友好、亲切，烹饪技艺独具风格，价实餐美，质量保证……"在一片掌声和称赞声中，陈老板向大家致谢，并宣布鸣放开张鞭炮。接着，纷纷入席就座，那场景热闹非凡。

那一天，陈老板觉得是有生以来最荣幸的一天。晚上十一点了，还有亲友前来向他祝贺，祝贺他的事业更加兴旺发达。那一日，香云在中午的时候来过，后来就回去掌管老"宫廷楼"了。她第一次看到这么多重要的人物，市长、文员、外交官等，来到陈家的"宫廷楼"来庆贺，还能不算是一种荣耀！她在无言中也喜出望外，并觉得这荣耀中也有她的一份功劳。想当年，她带着三个孩子，楼面厨房、楼上楼下里里外外一把手。她记得最清楚，而且还常常为之隐疼的是，那年老三阿澄还不到周岁，刚学会爬行走步，她不敢将他带到餐楼来，怕影响生意，就天天把他和不到四岁的老二锁在楼上。没想到那老三竟会从楼上的窗口里爬出来，正是夏天，窗口下有一个阳篷，那孩子从窗口落到阳篷上，然后掉了下来……立即送到医院，发现右腿粉碎性骨折……直至如今，老三的右腿仍患有关节炎。后来她想，当时老三若是出了人命，她一定会卷起行李回香港，不管怎样，那里总还有几个亲友能帮着带个孩子什么的。多少年过去了，她总算熬过来了，现在孩子们也逐渐长大了，老大学业之余也能来帮手了，而这些年中，她也佩服丈夫的能干。于是，这儿既然有人掌管，她也不必两头操心了，她只是想自己好久没跟力源谈谈心了。他总说自己很忙……今晚给他炖碗人参汤，好好服伺服伺他。她这么想着，就匆匆地回到老"宫廷楼"去了。

而那一夜，陈老板却没有回去。午夜，客人们走完之后，他很客气地打发厨工们早点回去休息，明日十一点开店，提前两小时上工。然后，他兴致勃勃地斟了两杯香槟酒，亲切地走到西娅面前，十分体贴地递给她，并温柔地对她说："今天真把你累坏了，西娅。来，现在让我敬你一杯。""没……没什么，老板……"她还有点不好意思，但微笑地接过香槟，也自然地举起酒杯，片刻间，谁也没有言语，而可以听得见两颗碰撞的心在激烈地跳动，两双眼睛在闪电中融成了一注来回的电流。他觉得自己再也抑制不住心中的那股倾慕的激流了，他一口气喝了三杯香槟，就发了狠似的拥抱起她来……她也开始醉梦他乡了……第二天醒来的时候，她才知道自己已是他的人了。后来，他还告诉她，自她从机场走出来时，他就被她的艳姿迷住了，那是一种很难解释的男女之爱。

　　西娅是老板的内人了。这消息很快不翼而飞，而且不久西娅就怀了孕。起初，香云知道后，痛不欲生，看在孩子的分儿上与他吵了好几场，接着要离婚。而他在西娅的怂恿之下，也努力并准备与香云离婚。可是有一天，他在整理家私的时候，突然发现到发黄了的、用毛笔写的书信。那里头写道："……希望你们夫妻恩恩爱爱，白头偕老，那么，我在黄泉之下，也就心安了……"这是香云的先父当年临终时留下的遗书。陈老板偏偏最相信人类间的灵啊、命啊，所以，冷静下来默思之后，他觉得他不能离开香云和孩子，他要设法请求她的原谅，允许他纳房。那段时期，香云不想再见到他了。可他厚着脸皮，牵着孩子的手向她请求说："好香云啊，看在孩子的分上，我任何时候都是你的丈夫，我知道你很恨我，但只要你需要我，你随叫，我随到。你永远是我的大老板娘……"他还想说下去，"住口！你给我出去，出去……"她像发了怒的母狮，嘶喊着，给了他一个响亮的耳光，然后颤泣着倒在地上。

转眼间，西娅掌管新餐馆已经五年了，生意蒸蒸日上，陈老板更中意西娅，说她是他的财神娘。五年里，西娅除了掌管餐馆之外，还为他生了三个孩子（两男一女），正所谓"人财两旺"了。人们也在无形中不叫"西娅"，而叫她小老板娘了，而西娅也很乐意人们称她老板娘，最好前头不要加那个"小"字。自从掌管新宫楼，成了力源的人之后，她的经济费用也十分自在，并还有不少私下的积蓄。更使她得意的是，力源对她的爱一点儿不减当年，而是更加如胶似漆，她非常感激他给她如此之深爱。其实，她对他也一样。但，她一直不如意那个"小"字。于是，她多次向老板说出结婚的事，虽然她也知道他如果不和香云离婚，她就不可能再和他结婚。"他是不会和香云离婚的。"她想。然而可喜的是……为了满足她的要求和心愿，不久，在陈老板最疼爱的小女儿丽芯周岁时，他请了不少亲戚朋友，举行庆贺酒会。所发的邀请帖上写着：

陈力源、钟西娅结婚之际
小女丽芯周岁同喜

总之，那个酒宴，除了餐馆的员工和几个不关重要的朋友之外，陈家的亲戚没有一个到场，香云听到这个消息后，关门一个月，到香港治病去了。

四、重婚之后

自从那个婚宴之后，日子过得很快，一晃十年过去了，小女儿十岁了，陈老板也过五十了。可是，最近一段时间有人传说，陈老板又和××女人相好上了；还有人说，有老二就容易有老三，还可能有老四……这些话先传到香云耳朵里，她这会儿一点也不生气，打心里似乎还挺得意。但不知为什么，回家以后她又啼啼地痛哭了一场，她哭自己十几年里，看着那女人拐走她的男人，眼巴巴守了十多年的活寡。有一个老厨房很同情她，处处主动帮她的忙，想和她相好，当她发现老厨房的意图后，就给了他双份的工钱打发他走了。她从来没有如此大方慷慨过，因为她知道老厨房并没有恶意，她是该感激他的关心。但是，她想自己可是有教养家庭出生的女子，绝不能像那些轻薄女人那样，没有轻重之分，何况先父又有遗嘱，而且名义上她仍是陈力源的妻子，她绝不能去做那种见不得人的事。因此，她哭自己的贞洁，她哭这世俗的肮脏。事后，她也笑：狞笑、狂笑、哭笑……她狞笑：西娅终于也有这一天——守空房……她狂笑：世上的女人为什么这样轻贱，站着的红花男子不嫁，而偏要偷人家的汉子，甚至老头，这到底是为了什么？她哭笑：笑自己的无能，笑西娅的浅薄，笑那第三者或第四者卑鄙无耻，笑陈力源的缺德。她哭笑完之后，语重心长地叹息了一句："他没有好下场的。"

第二天，香云破天荒第一次给西娅打了一个电话："喂，我是香云，是西娅吗？告诉你一个不好的消息……""啊，是香云大姐，你好。"西娅客气地答话，其实她早就有意想与香云和好。她有时也同情她的处境，甚至还有几分敬佩，她还想说几句安慰她的话，却听见电话里又说："你知道陈力源又搭上新的女人了吗？就是你们店里那个与她丈夫一起偷渡出来的女人，你可要留神着点……听说……"香云还要说什么，却已听不到对方的声音了，西娅听到新的女人这几个字就傻了，再也没听清她下面说什么了，当她清醒过来想再问问清楚时，电话已经挂线了。

怪不得，近来力源回来很晚，进房就说自己很累；西娅体谅他事务多，年过五十了，应该注意休息。经香云这么一提醒，她才细细地回想起来，老板近来很不对劲。但她仍不太相信，老板比自己大十多岁，而那个新来的女人还只有二十多，至少相差二十多岁，而且她的丈夫也在离这里不远的餐馆里做工呢，这有可能吗？那一晚，她默默地苦思了一夜。第二天，她的脸消瘦了许多，她想想，小女儿周岁那天，即他们结婚的那一天，他送给她一个钻石戒指，并向她山盟海誓，永远只爱她。等到孩子们大一点以后，他还要为她买一座别墅，永远和她住在一起……她是那样的信赖他，从来不曾怀疑过他的。渐渐地，她了解到，香云说的是真的，她这才觉得自己一直在做梦。

有一个星期，西娅对老板说，自己要到马来西亚接小女回来，老板没反对，还主动为她订了机票。临别时，也是老板亲自将她送到机场，从机场回来，他的小车就直接开到 G 镇的 Flat 职工宿舍，来到 373 房。那里住着那位刚来不久的女人，她叫萧琳，这个宿舍一直是老板为工人特租的，一般都住男士的，最近男士们为工作方便都到餐馆的楼上去住了。于是，老板特意安排萧琳在此居住。起初她还有点不习惯，但老板说不要担心，我会每天派人来接送你的。而半年多来，除了几次由其他人顺便接送她之外，实际上大部分时间都是老板亲自来接送的。每一次接送时，总是十分亲切关怀地问寒问暖，使人初感，他是一个很善于帮人的大老板。

上午十一点许，老板像往常一样来接萧琳。一进门，只见她两眼红红的，脸色也很苍白，然后发现台桌上放着一封扯开了的信。于是，他很敏感地问："家里的信，出什么事了？"见他这一问，她眼睛又红了，似乎欲哭又止，只是默默地点点头，手摸着台桌上的信说："我俩出国前，除了我们手头积蓄的，还向人贷借了五万人民币，当时说好在一年内连息带款全部还清。而现在已经一年半了，还没还清，对方来催债时和我家人争吵起来，我弟失手将对方打了。现住医院生命垂危……而他自己潜逃在云南边境，想方设法要偷渡到西欧来……但需有人担保，那蛇头才答应送他出来……"

"喔，是这样，"老板为她也叹了一口气，然后若有所思地说："这样吧，我先载你去上工，然后我再想想办法，看是否有人愿意担保你的弟弟逃出虎口。"她顿时万分感激，真像出国前那位算命先生所说的"定有贵人相助"了。

那天后，他来告诉她，没有人愿意担保一位陌生人。看来，唯一的办法是他自己冒个险来担保她弟弟，但必须要她来签个合同。比如，老板愿意担保，负责其弟到荷兰后蛇头所规定的钱，而其弟抵荷后必须为他工作四年而无工薪，但供其吃住。四年后，再看情况而定。当时，萧琳听老板这般主动安排，真是上天难找的救弟之命的机会，她立即答应为弟弟订下长约了。不久，她弟在老板的担保下终于踏上了欧陆。但当他来到荷兰的时候，他姐已挺着肚子了，据说怀的是陈老板的孩子，而她自己的（男朋友）丈夫呢？他傻了，他有点不能相信！在这短短的一年里，人世间竟会有这么多意想不到的变化。之后，他愣冲冲地问他姐："你和你朋友是怎么回事？"她没有立即回答，而是沉默了许久。然后她突然大声地说："我和他之间什么也没发生过，只是我俩一直都不可能在一起工作。而且，为了你，我识时务，充当豪姐（杰），你明白吗？"他十分激动而痛苦地说："你不该因为我，而把他给甩了，你们实际上早就是夫妻……""没……没有，我们只是一起同居过，并没有办理结婚手续，社会和法律并没有承认我们是夫妻，我们彼此也不要为任何一方负担责任。但，我承认我欠他一笔难忘的情……"当她讲出最后一句话的时候，眼睛却被泪水淹没了。片刻间，她像又换了一个魂似的说："小弟啊，你说我疯了，我说你就不要再那么傻气了，在如今这个金钱时代。我算是看透了，也想通了，有奶必是娘，有钱就有一切。我想过了，既然你也千辛万苦地偷渡到此，那就意味着豁出来了。只要在此有生机出现的可能，我就愿意不惜任何代价，至于那些吃了饭、没事干的学者，女士们谈的什么人生价值、道德观念、情义礼节、品格贵贱等等等等，在那金钱大浪的冲击之下，人们哪来得及去思考？我就是来不及思考，只能面对现实。"说到最后的时候，她的声音变得非常低微，她的神情也像个战败的俘虏。

"那他现在在哪儿？"弟弟又问。"他听说我和老板发生关系后曾来找过我,我当时不能开门,老板正在这儿。后来,他也像发了疯一样,说非要刺死老板不可。不久,他到一家餐馆做工时,突然被警察以非法移民的罪名给抓走了,在两平方米的铁牢里关了几个月。结果,还是老板将他保了出来。不久,听说他又被人偷渡到加拿大去了。我最后一次见他就是在那间铁牢里,他听到我的声音只说:'你给我滚出去!'而背朝我坐着,不再理我。我没有看到他的脸,只看到他那勇士般的身体只剩下瘦削的骨架。从此,我……我再也没有见到他。他……"说到这里她的声音有点嘶哑了。"不过,等我有了居留权,发了大财以后我还要去找他的。"她接着说:"上星期,老板告诉我,已给我找了一个假结婚的对象,等我们结婚后,我就有了居留权了。有居留权,老板就再开一个新餐馆,让我来掌管,那时候……"她像说梦话一样断断续续,抬起头来,弟弟已经不见了。

然而不久,这一切真的像她所说的那样顺利地进行着。她和一个比她大三十岁的荷兰人办了假结婚,假结婚的代价是四万荷盾。当时先支付一万荷盾,其余的三万在以后的三年里还清。这样一来,大家都知道,她名义上是那荷兰人的妻子,事实上她是老板的人,老板已经为她付了那一万盾。以后的还款老板说过,可以在她的工钱里慢慢扣还。事到如今,她只觉得很满意,甚至感到幸运。因为,她已怀有老板的孩子,老板曾经暗示过她,只要她怀有他的孩子,将来的财产就有她的一份。于是，她在给中国的朋友们的信中写道："我已结了婚，有了居留权，并快生孩子了，孩子他爸是一个很有钱的大老板……"国内的亲友们庆贺她，羡慕她，说她真有本事，还有人频频来信，希望也帮他们出国，或找对象……只是每次收到这些信，她都会感到一种难言的滋味。看到这些信时，她常常会扪心自问："我这种生活也叫幸福吗？这种人生值得他（她）们羡慕，并步我的后尘吗？"

五、碰撞

那是一个百年不遇的大水灾，玛斯河从阿尔卑斯山脉流出，经过瑞士、德国、法国、比利时，由于连续一个多星期的暴雨，水流湍急汇集在涌向北海湾的几条大小不同的、荷兰境内的运河上。运河沿岸的几十个城镇都遭到了历史上罕见的严重水灾。最高水位高出楼顶，幸亏政府防灾工作做得好，人们的生命才没遭到威胁，而财产损失几乎达上百亿荷盾，陈老板的第三家餐馆已投资八十万盾，正在装修时期，不幸也浸在了水中。就在水漫餐楼的第三天，萧琳感到身子不大舒服。也许是因为这水灾引起的紧张，上午八点许，她感到肚子开始一阵阵疼痛，而离医生预定的产期还差一个月。但腹中的胎儿并没有多动，而疼痛却不断加剧。陈老板那日正好在她那里，给医生打了电话，医生根据反映的情况，要她立刻到医院来急诊检查。半个小时后，医生检查指明，胎儿心脏跳动不正常，必须立刻动手术。一个小时后，胎儿被及时地取了出来，是个男孩。但必须立即放在婴儿保暖箱里进行特别护理，他被取名叫陈旺。

产妇还在半昏迷中，被推出了急产室。正在这时，只见一位护士拿着无线电话，紧张地朝陈先生走来："陈先生，你的电话！"这电话来自 A 市某医院急救室，"你是陈力源先生吗？你是一位叫钟西娅女士的亲属吗？她和她的女儿刚出了车祸，伤势很重，尤其是小孩……"陈老板听到这意外的消息，才有点慌了手脚似的，瘫坐在妇产科外的长椅上。

西娅这次回马来西亚，一住就是三个月。三个月里，她打过几次电话，一次是荷兰时间夜半三点左右，接电话的是一位女人娇滴滴的声音。她知道，他已经真正陷入那个比他小二十来岁的、娇小女人的怀里了。她非常伤心，但她并不像香云那样痛苦欲绝，她近乎忏悔，甚至觉得，也许这就是报应的开始……她好像有所预感。但，她仍相信他还是爱她的，那么香云呢？虽然，她曾经十分得意过，他是那样深情地爱过她。不过，也许"爱"的本性就不存在永恒。也许，一切的一切都是命运的捉弄……这时候，她才深深地体会到，当她占有陈力源时香云的困境，况且他们还是患难夫妻。忏悔中，不免对香云产生了一种特别的敬意，也许我和他那一段情已被潮水冲走了，或许他在梦中还会醒来，或许……她理不出头绪。但不管怎样，她要作最后一次尝试。

丽芯小女是力源最疼爱的孩子，他就这么一个女儿。人说她的外貌、性格各方面都很像她父亲，她长得天真又活泼。四岁那年，力源亲自把她送到马来西亚，专门为她请来了家庭教师，教她华语以及琴棋书画。几年里，据说这孩子长进很快，不但能用华语进行日常会话，还能弹琴画画，老师说她很有天资，是棵好苗子。本来计划，等她十周岁时接她回来，而这次西娅硬将她带了回来，目的是想以小女来使力源回心转意。谁想到，她和女儿乘坐马航飞机到达荷兰后，却在回家的路上出了事故。

一个星期后，西娅严重脑震荡仍处于休克之中，女儿丽芯伤势过重不治而亡。半个月后，陈力源获悉，水灾后，国家补助十几万盾，而自己损失将近六十万盾，几乎破产。无奈之下，又只得苦苦地来哀求香云，为他再作最后一次担保。原来，自他爱上西娅之后，香云已和他分了家产。总算看在当年患难夫妻的分上，她决定再给他一次机会，但有三个条件：一、言归正传，必须重新回到老宫廷楼来；二、西娅病愈后，可以作为姐妹留在宫廷楼，或由她自己选择；三、萧琳产期满后，劝她明媒正嫁！

那是一个风雪交加的冬天，沉睡着的小丽芯，在爸爸和几个陌生叔叔的护送下，来不及亲吻，来不及说声"再见"，就独自进入了那鹅毛大雪的墓场。入土的时候，爸爸有生以来第一次流出了几滴带血的眼泪……但，片刻间，就被那狂舞的飞雪遮盖了。

当天下午，力源又去另一所医院，接出了刚刚来世的小陈旺，据医生诊断，婴儿可能会是一个残疾的孩子，因为他的两只脚掌先天性弯曲。

在回家的路上，他感到一阵阵头疼，冥冥中，他觉得有一个熟悉的声音在责备他："力源啊力源，你作的孽太深啦！"

亲爱的读者，可怜的西娅在休克醒来后，得知小女丽芯已死，当即就疯癫了，被送进了神经病医院。萧琳难产期间多次受惊而得产后症，也匆匆地辞世而去了。从此，陈力源那两家新开的餐馆一蹶不振，而唯有香云的"老宫廷"酒楼的食客，像玛斯河的流水一样流淌不断！

余韵

母亲在世的时候，喜欢唱潮州歌谣和潮州歌。

母亲出身穷家，自小干粗活，井头汲水，池边洗衣，上山割草，下溪摸石螺……当然没有读书识字。奇怪的是，她后来学唱潮州歌册，竟然识得了好多字。不过，只能用于唱歌册，碰到来番批①，还是得请拜过孔子的先生读。

字识得快，这跟她的记性强有关。她讲过，出嫁前她在乡里姐妹群中唱"畲歌"（潮州歌谣），数她能唱。昔年潮州农村极少大规模的娱乐活动，农闲时候，男的到男闲间，拉弦唱曲讲咸古；女的到姿娘仔间，绣花，谈女孩子心事，有时赛唱歌谣，潮州话叫做"斗畲歌"。

"一千八百哩来斗，三十四十勿磨来……"——听这挑

---

① 番批：潮州方言，指华侨寄回家乡的钱或信。

战，多有气派！非有满筐满箩的"畲歌"在腹中，是没资格参战的！

听母亲说，她常是优胜的一方。可见，她肚子里储藏的歌谣之多了。她跟我们忆述这类往事时，已是子女成群，且跟古老的故乡告别多年了，然而少时唱过的歌谣她几乎全部牢记着。那时候，我们家住山巴。山巴的夜，静得神秘，在风声和虫声中，母亲兴致勃勃地唱给我们听，又教我们唱。

唱过《天顶一粒星》：

　　　　天顶一粒星，

　　　　地下开书斋。

　　　　书斋门，未曾开。

　　　　……

唱过《天顶一只鹅》：

　　　　天顶一只鹅，

　　　　阿弟有亩阿兄无。

　　　　阿弟生仔叫大伯，

　　　　大伯小里无奈何。

　　　　……

唱过《忒桃官路西》：

    忒桃官路西，
    阮厝狗仔挂金牌。
    眠起隆隆走出去，
    夜昏隆隆走回来。
    ……

　　还有好笑的"天乌乌，骑枝雨伞等阿姑……"，谐谑的
"拖呀拖，咸菜颠倒拖……"等等。时光飞逝，当年唱得其
乐融融的"畲歌"，存在我脑中的已经零零落落，但偶尔回
想，低唱数声，似乎仍有无穷滋味。

　　母亲过门以后，便开始学唱歌册。唱歌册听歌册的几乎
百分之百是家庭妇女。数十年前，女人进学堂读书的极稀
少，少数读了书有知识的，便不与普通家庭妇女为伍了。奇
怪的是，众多文盲的中下层家庭妇女中，常常有人会出来唱
歌册。这些无名"艺人"，没拜过孔子，却认得几个字，竟
然是唱歌册唱来的。我的母亲就是其中的一个。

　　听母亲说，她刚学唱，还唱得很吃力，便过番来了。过
番以后，字认得多些，唱起来流利了。

　　潮州歌册是租来唱的，一部往往是数十册以至数百册。
我小时见过的都是木刻版本，字大画粗。那时候，有人专门

挨家串户做出租歌册生意，随身提着或背着的大布包袱，打开来，真是琳琅满目：《薛仁贵征东》《薛刚反唐》《狄青取旗》《狄青取真衣》《万花楼》《粉妆楼》……都是线装。我记得读小学时，常常用一根又粗又长的大针，替母亲把断了线的歌册修整好。

更加不会忘记的是，幼年的我，常常倚坐在母亲怀里，听着她在一群老少的女人中，用她那富有感情的声调，不急不缓地唱出代代相传的故事。

你很难想象，听歌册的妇女们是何等的投入。故事不到一个段落，或是正当关键时刻，谁也不肯走开一步，甚至连饭都不去吃。听到奸臣陷害忠良，人人咬牙切齿，咒骂声声，恨不得啃他的骨，剥他的皮！听至书生落难，人人眼泪盈眶，到悲惨处，更是放声哭泣。而一朝雨过天晴，苦尽甘来时，当然皆大欢喜，笑声像爆竹点燃。那场景，真是使人动情。

最为缠绵悱恻的，是那些"三三四""三三五"之类的唱段，即使我当年是那么小，那么不懂事，也不知陪着落过几多同情泪？

邻人莱尼

我第一次认识莱尼，是在我先生三十岁生日的那一天。

这天，我们起得较早，因为要过生日了，客厅里需要装饰一番，以待客人们到来欢庆。

九点三十分左右，门铃响了，接着是狗叫声。我急忙去开门，只见一位五十岁上下的妇女，穿着一身红纱绸，半露胸袒的连衣裙（这是荷兰妇女夏天里通常穿的衣裙）。她脖子上戴着一串白光闪闪的珍珠项链，脸色红润，口红涂得特别浓艳，令人注目，只是眼珠显得有点昏暗……她左手牵着一只黑白花狗，右手抱着一大束郁金香花。见我门一开，连忙将花递给我，一边热情握手一边又自我介绍："我是莱尼·林得斯，以前的邻人……嗯，衷心祝愿你先生生日愉快，幸福！……"接着还说了些什么，我当时不曾听懂。这时候，我的先生也已走出来了，并对我作介绍说："她就是我常向你提及的莱尼！"他的语气有点特别，我好像明白了，十分热情地将她和她的狗一起迎进我们的客厅。

我给她斟了咖啡，摆了糕点和糖果；一边用我那生硬的荷语跟她寒暄，一边却想象着那个不是悲剧的悲剧。

她原是阿姆斯特丹人，结婚十八年，不曾有孩子。她的先生也许是不愿再过这种"寂寞"的生活，而爱上了一个有不少子女的寡妇……三年前终于跟她离了婚。

她曾为此得了一场重病，病愈后几乎将先前的事都忘了。政府另分配了一套新房给她，从此她养了一只小狮子狗。这只小狗聪明灵活，十分顺从。她称它"小乖乖"，常常抱着它亲嘴。它也总是跟随在主人的身边。她开始习惯这种与狗相依为命的生活了。

去年夏天，她的小狮子狗突然得了"伤寒"病，医治无效死去了。她很悲伤，抱着那只死狗坐在椅子上两天两夜不吃不喝，不睡觉……后来，经过几位邻人的相劝，终于将她心爱的小狮子狗埋葬在她的后花园，并献了不少鲜花。为了医治她的创伤，几位邻人又帮她买了一只狗，就是刚才进来的小黑白花狗。小狗名叫汤米，跟先前小狮子狗的名字一样。

"你的小汤米需要喝点什么？"我问她。

"No, 呀！给它一点牛奶喝吧！在家里，它总是跟我在一起，我吃什么，它也要的！"她十分认真地答。于是，我专门为她的小汤米斟了牛奶，并附放了一些糖果糕点。它吃得津津有味。她看得笑容满面。

整个上午，除了讲几句"生日"的客套话以外，她的谈话内容几乎都与她的狗有关。"我每天至少带它出去散步三次！""瞧，它还会玩球呢！见到信差，它还会叼信件给我……""呵，我的乖乖，汤米，汤米！"她边称赞，边抚摸："亲爱的，乖乖……"

我们彼此分尝了生日蛋糕以后，已是下午一点左右。这时，门铃又响了。于是，她依依不舍地起身告辞。

最近，我们听说，她在报纸刊登了"寻对象"的启事后，一个六十多岁的鳏夫希望跟她结婚。这些日子，我们在等待他们的婚礼请帖。

风车下

　　五月的风车，在那一片严森森的树林后面停立着，像一座古老的雕像，却随着时代的变迁，也不时地换上新装。树林前的这一大片绿茸茸的草地上，牛羊不见了，只剩下两匹大鬃马，它们是爷爷最亲密的伙伴。

　　人们说，风车是荷兰民族的象征，这话很有道理，生活在这里的人，称荷兰不叫"Holland"而叫"Nederland"。"Nederland"这个词的意思是"低于海面之大陆"。因此，由于这个特殊的地理环境，这里的民房建筑特别矮，又因为风大，所以房顶尖尖的，呈人字形。于是，风车的起源也就有其渊源了。

　　爷爷居住的房子就是典型的三间人字屋，孤零零地坐落在那一片树林前面，远远望去，像个小小的教堂。

　　风车下，宁静时，令人有一种追忆和遐想。17世纪荷兰著名的航海家阿贝尔他斯门（Abel.Tasman）就是带着风车下磨制成的面包和奶酪去周游世界，航海探险时发现新大陆的。他的航迹虽迟于西班牙的哥伦布，但在欧洲的历史上，他的盛名并不次于哥伦布。据说，在新西兰的首都至今设立有他的塑像和博物馆。

爷爷常常以这些为自己的民族骄傲而自豪，他希望他的子孙也像那些历史人物一样有所作为。当年他与奶奶共生养了12个儿子，还经营着一大片土地，马、牛、猪、羊、鸡、鸭、鹅、兔，样样不缺，生活虽然也不容易，而家中总是暖洋洋的。但，哪有今天这么得意：出门用轮子，做事用电子，家中却是冷清清的。对于这世事的变迁，爷爷不敢多想，只有风车滚动时，才令人产生一种欢乐美好的向往。因为，以往风车转动就意味着丰收。人们常常在这个时候，随着风车的转动而翩翩起舞，不分男女老少……当年，他和奶奶就是这样相识相爱的。从那时至今，爷爷在这风车下已居住了50年。

今天是他70大寿，屋前早已停立了十几辆小车："奔驰"、"BMW"、"VOLVO"等，好一派热闹的气氛。每一个儿媳妇的手中都拿着一束鲜花，这是荷兰人最受人欢迎的礼物。至于真正的生日礼物，儿子们已分别出钱托他们的大哥去办理了。什么礼物谁也不知，只有等寿星本人来到时才能揭晓。

客厅被打扮得十分淡雅而整齐：黛绿色的丝绒窗帘半拉

半挂，好像舞台上的幕布；台几上立着一对银器的长颈烛台，正燃着两朵悠悠的火花；客桌上的蓝色花瓶里只插着一朵郁金香，这是奶奶生前最爱的花。大家坐满了客厅。下午两点了，还不见爷爷的人影。他到底哪儿去了？也许挂马车溜林道去了，或是带着他心爱的狮子狗散步去了！这两件事是爷爷近两年来每天不可缺少的生活程序。

"当——当——当——当"，时钟已敲过了四响，还不见爷爷回来，人们开始有点耐不住了，不安起来。是否出什么事了？几年前，奶奶突然因车祸而亡，当时爷爷伤心痛绝，恨不替身……直到现在，一旦有人提起奶奶，他的脸色就立刻失去光彩，眼圈红红的。就这样，人们在不安地等待着，莫名其妙的。

"汪汪汪……"突然，园子里传来了狗叫的声音，笼子的鸟也雀跃了起来。"爷爷的马车来了，爷爷的马车来了。"只听见屋外的孩子们拍手齐声叫喊。客厅里的人们被屋外的轰动声震惊一起拥到门口。只见爷爷的马车，这辆 19 世纪西欧传统的马套车四周系满了鲜花绸带，格外华丽耀眼。马车上正坐着神采奕奕的爷爷和他的女朋友劳拉。光瞧他们的神情打扮，就像一对舞会归来的情侣。

最调皮的小孙子华莱士情不自禁地上前拉着爷爷的手，又指着他身边的女人问："她是谁？瞧你们这样亲热。"爷爷被小孙子问得开心畅怀地说："她是我的新太太，你们的新奶奶。"

客厅里的花烛更亮了。子孙们开始品尝爷爷生日与结婚的蛋糕。有人放开了落地式的录音箱，随着卡拉 OK 的现代音乐节奏，爷爷有点害羞似的扶着他的新娘，轻轻地舞开来。接着，一对又一对，客厅变成了舞厅。这旋律像一朵朵飘游的云彩，又推动了风车，那么古老又那么新鲜。

舞会一直进行到深夜，才有人想起，爷爷还没有接受儿子们的生日礼物。于是，爷爷最宠爱的大儿子彼得，向爷爷献上了用花纸包着的一个大纸箱，爷爷非常得意，大家都用最好奇的目光等待这礼物的呈现。当爷爷把那东西整个搬挪出来时，原来是一台彼得自己用过几年的、半新不旧的推草机。此刻，大家你看看我，我看看你，都目瞪口呆了。

西方的婚宴

　　不久前，我带着一位刚从中国南方出来的林小姐，去参加一位朋友的婚礼宴席。

　　我的朋友是一位英国人。几年前，她因工作的需要而移居荷兰，现已嫁给荷兰南部某市政府的一个文员。就是他们结婚的那一天，我带着小林一起去了。

　　在西方，结婚的第一道仪式，必定在教堂举行。而这一对新人，因不愿入俗，也免去了教堂那一套西方传统的庄严的老仪式，而只在他们工作的市政厅举行法律仪式。真正的婚宴是当晚九点以后。

　　那是一个很普通的咖啡厅，像个小会堂，但至少能容纳几百人。宴厅的摆设是，四周围着两圈桌椅，中间空地想必是舞池。九点了，新娘新郎早已立在舞池上方迎宾接客，人们从左到右排成龙，个个依序跟新娘新郎握手，表示恭贺。献礼之后，便徐徐步入宴厅，顺着空位坐下，招待员立即上来：请问用什么饮料？一般情况下，第一道饮料不是咖啡就是茶，而且配着婚礼蛋糕。第二道、第三道接下去想喝什么都行，威士忌、白兰地、香槟等。用了几道饮料之后，招待员开始按位置一个一个地敬请各种各样的，可用手随便取拿的小吃点。有油滚球、烤肉片、沙拉鱼、奶酪块、炸童肠、炸鸡腿等。

没等小吃上完，舞池上方的乐队开始起奏了。于是，人们一双双、一对对步入舞池，不分老少，既唱又跳。先三步，后四步，几场之后是集体舞。于是，人们又从左到右，凡坐在位置上的人都一个个自觉地站起来，一肩搭一肩地转着大厅跳圈舞。来回几圈之后，大家都统统步入舞池，那真是热闹极了！肩碰肩，屁股撞屁股的。

大约是午夜一点钟了，我们考虑第二天还要工作，所以先行告辞了。就在这个时候，我才突然发现林小姐的脸色苍白……"你怎么啦！生病了？""我的肚子饿坏了！我哪知道西方的婚宴只管饮喝、跳舞，不管吃的……我是空着肚子来的。"

附录

荷兰华人女作家池莲子

凌鼎年

知道"池莲子"这名字有十八年了，那是 1993 年中国举办"春兰杯"世界华文微型小说大奖赛，池莲子是获奖作者之一。海外获奖者不是很多，获奖名单中凡海外的都用括号注明哪个国家或地区，池莲子名字后面的括号注着"荷兰"，印象很深，从此记住了这个名字。

1993 年"春兰杯"世界华文微型小说大奖赛在上海衡山宾馆颁奖，池莲子是获奖作者，应该来的，原以为能见到她，遗憾的是她忙于其他事，没能前来。而 2006 年在文莱召开的第六届世界华文微型小说研讨会上，池莲子与她的荷兰洋丈夫都来了，这是我第一次见到她。

我因为在侨务办公室工作，属于涉外岗位，可能出于职业习惯吧，我对海外作家比较留意，也比较愿意与他们打交道。自从学会电脑后，与海外文友交流就更方便、快捷了。池莲子就是与我保持 E-mail 来往的海外作家之一。

据我对池莲子有限的了解，她原来是浙江温州人，是去过黑龙江"北大荒"农垦戍边的 1966 届知青。我太太虽然出生于上海，祖籍却也是温州，也是去黑龙江插队的，她是 1966 届知青。这样，自然而然有了一种亲近感，彼此的距离拉近了几分。我是 1967 届的，作为同龄人，我虽然未到黑龙江插队落户，但被命运抛到了微山湖畔整整二十年，我还从我太太嘴里了解到很多黑龙江知青生活的点点滴滴。池莲子作品里反映知青生活题材的作品，我也感同身受，因为我们这一代人有太多的相似磨难，相似经历。

池莲子靠自己的努力，成了诗人，成了作家，她是 1980 年开始发表作品的，这又与我有相似之处，我也是 1980 年发表处女作的，我也是靠自己的努力叩开文坛之门的。先是写诗再写小说，说起来，我从不标榜自己是诗人，但也算是出版过诗集的。相似的经历，就容易理解，容易沟通。

当然，我与她也有不相似的生活经历，她后来远嫁荷兰，成了海外华人作家；我则从 800 米深处的井下走上了文坛，从一个"煤黑子"变成了从事涉外工作的侨务干部。因为我干的是侨务工作，池莲子等无形中成了我的服务对象、工作对象，加之她也写微型小说，就有了共同的话题。

关于荷兰，中国的读者不像对美国、英国、日本等那样了解，可以说知之甚少，大部分人只知道这是个很遥远的欧洲国家，会自然不自然地与航海、海盗、坚甲利炮、远洋探险等联系在一起，这些都是从电影电视里看来的。如果还能知道荷兰风车、郁金香、蓝瓷，那就可算荷兰的知音了。这几年，可能有不少初为人母人父的知道了荷兰婴儿奶粉，但通常也仅止于此而已。

我对荷兰的了解比没有去过荷兰的国人稍稍多一些罢了，2009年我应邀去奥地利的维也纳参加文学活动，回国时在荷兰转机，就利用这个机会去荷兰阿姆斯特丹乘游船转了一圈。美丽而休闲的荷兰给我留下了深刻的印象，可惜那一次没有联系上池莲子。

荷兰是个老牌资本主义国家，西方十大经济强国之一，是个高福利的国家，又是个政治自由、社会风气宽容的国家。荷兰景色宜人，有"欧洲花园"之称，池莲子生活在这样一个西欧小国，宁静而惬意，无忧无虑，但她没有忘记自己是中国人，一直试图为增进中荷两国的友谊，为促进中华文化在荷兰的传播而做点实实在在的事。她一直爱好中医，去支边前曾受过针灸培训，后来终于有机会在厦门大学中医系系统地学习了中医的针灸、推拿，以及中药学等，在荷兰推广。几年前，她还选译了中医保健气功学《意玄功》，并介绍给荷兰读者。

关于池莲子学气功，还有个值得一记的小故事。据说36年前，池莲子刚从黑龙江病退回温州，身体很差。当时她一边在温州郊外的一所中学里教书，一边在温州教师进修学院（现在的温师大）学习。那时她对佛学很感兴趣，每当暑寒假，她的去处就是佛教圣地：普陀山、天台山、五台山、庐山等，有时一待就是一两个月。尤其是普陀山，她曾师从当年的道光法师修学"禅静"，即禅定，法名"静莲"；后又在天台山国清寺，有缘遇拜著名密宗清定大法师，续学"止观功"。从此以后，她的病态消失无迹，健康至今。因此，如今在她的静莲保健中心，除了中医诊所外，还建有"太极、气功学校"。建校十多年来，学员不断，影响渐大。池莲子为中医保健、养生法这种中华文化在荷兰的推广、普及推波助澜，功莫大焉。

当然，作为一个作家，她更多的是拿起笔，以一个中国女儿、荷兰媳妇的眼光来观察、审视这个国家的政治、经济、风俗、风景，以自己的美学修养来写下她的所见所闻所思所悟，让中国读者借此更多更深地了解这个国家，也有意识地让荷兰读者与西方人更多地了解中国的文化（因为，据她所知，直至20世纪末，西方人对中国的了解还太少太少，还停留在"女人缠小脚，男人留长辫子"一类肤浅的认知层面上）。因此，她立志要做中西文化交流工作，一做就是二十多年。她创办的"彩虹中西文化交流中心"，直至今天依然是荷兰众多侨社中少数几个真正受当地国家政府资助的文化机构之一，起到了名副其实的桥梁作用，受到愈来愈多文化组织、文化机构的赞赏。

20世纪90年代初，我就知道欧洲有个"荷比卢华文写作会"，曾与中国微型小说学会一起发起"首届世界华文微型小说大奖赛"，后来才知道池莲子是创始人之一，而且，当时学会的地址就在池莲子家里，并在那里注了册。

为了传播中华文化，前几年池莲子创办了一份中文、荷兰文双语的《南荷华雨》报纸，她每期都发电子版给我，还翻译、刊登过我的作品。这份报纸除了发一些文讯、文化报道外，还刊登了不少有关中医知识、养生秘诀和中国国粹的介绍文章，应该很受华侨华裔和荷兰读者欢迎。办这样的报纸，几乎只有付出，没有经济效益，据她说，这些工作都是义工性质的，不过有社会效益。从这个意义上讲，她觉得自己这种默默的付出非常值得！她有一句座右铭是："活着并非为了自己，死了留下那份价值还给母亲——大地。"

作为荷兰"彩虹中西文化交流中心"主任的池莲子，目前正与他的朋友们积极筹备2012年在荷兰召开"荷兰中西文化文学国际交流研讨会"，这在欧洲的华人文化文学史上是值得记上一笔的事。

2010年时，我主编《世界华文微型小说100强》丛书，曾发电子邮件给池莲子，向她组稿，可惜她回复晚了，书稿已通过终审，进入编辑、出版程序，她的书稿排不进去了，很是遗憾。今年我朋友滕刚主编一套丛书，向我约稿，我就推荐了池莲子的集子，但她发来的作品没有按书稿样式排列，这就很难进入编辑程序。我要求她重新编排，没想到她的电脑操作还属菜鸟级，弄不来，我只好代为编辑，总算挤时间完成了。池莲子大概一客不烦二主，索性要我连序也写了，那我就好人做到底吧。

池莲子的这本微型小说集的书名为《在异国月台上》，这篇就是当年在"春兰杯"世界华文微型小说大奖赛中获奖的作品。将这篇作品名选为本部书稿的题目，一则表明了池莲子对这篇的看重，二则也借此透露若干信息：这是一本有着异国风情的微型小说作品集。这个风情不仅仅是荷兰的风土人情，更多的是华人在荷兰在欧洲在海外在异国他乡的生存状态与思想状态。有水土的不服，有思乡的苦恼，有拼搏的困苦，有创业的艰辛，有遭排挤的愤恨，也有得到关爱的温馨，借老外的眼看中国，借老外的嘴评中国，也用华人的视角观照荷兰，观照西方，用华人的眼光来了解荷兰评述西方。通过池莲子的作品，为中国读者观察、了解荷兰乡村、城市的生活打开了一扇窗户。同时，这也是了解和研究20世纪末世界性的第三次国际移民浪潮卷来时，华人新移民拼搏、奋斗、沉浮于这个大潮中的是是非非、恩恩怨怨，悲欢离合、喜怒哀乐，是中华文化（东方文化）与西方文化如何碰撞又接纳，排斥又结合的见证性历史资料之一。

我因为是二十多年的老侨务，又因为参加文学活动，应邀去过二十多个国家，故我对海外华侨华裔的心态与生存状态多少了解一些，读池莲子的作品，常常会有共鸣。试以《在异国的月台上》这篇来说，反映的情况极为真实。20世纪80年代到90年代初，当国门刚刚打开时，有些捷足先登者抢先出国。有人以为外国的月亮比中国的圆，有人以为外国遍地是黄金，其实不然。如果没有真才实学，很难在海外国家立足，想跻身主流社会、上流社会更是难上加难。不少原本在国内有头有脸的，到了海外为生存所迫，只好去餐馆端盘子，洗碗筷，但为了安慰家里的双亲，往往报喜不报忧，以致家里亲人误以为他们在海外混得风生水起，发了洋财。当然，混得好的不是没有。结果呢，混得好的，不愿回去，混得差的，没脸回去。更有甚者，混砸了，想打道回府回国得了，可家人与亲戚朋友不让你回去。为什么？你不回去，他们好歹还算"侨眷"，人前人后还有几分露脸的资本，你不混个人模狗样回来，两手空空，铩羽而归，那不使他们颜面扫地，说不定还被人背后指指戳戳，嘲笑挖苦、嚼舌根呢。

《在异国的月台上》里的主人公"他"，遇到的正是这种尴尬的情况。时至今日，华人在海外的生存情况发生了很大的变化，池莲子的这类作品为那个时代的华人出国潮立此存照。就像《中国人在纽约》的电视剧一样，有其历史价值。

池莲子的这本小说集还有一个特点，其中有些篇章带有自传体性质，可以看到池莲子的身影与她独特的感受，譬如打头稿《小芳出嫁了》。熟悉池莲子的，多少可以从中读出她当年的心态与周围的环境，至少管中窥豹，略见一斑。

池莲子现在的身份，套用国内的标准，本职工作是中医，业余身份是诗人、作家。医生医身，作家医心，借用她的话讲："作为一个作家，首先必须懂得从社会学的角度去研究人，再从生理学和心理学的角度去解剖人。所以，我认为一个作家，能懂得医学，尤其是中医，其内涵包罗万象，学而不厌深如大海，假如能恰到好处地用好这两者的结合，那么小说中的人物就更加立体，而栩栩如生了。我正在努力用更多的时间去研究，去创作。"

她很忙碌，但忙中有序。她很知足：大儿子中伟在北京电影学院就读摄影系，小儿华莱士就读荷兰舞蹈学院，丈夫已从经商退到二线，沉浸于古玩收藏而自得其乐。池莲子年已花甲，但仍愿自己是一条小溪，静静地默默地流着流着……

如此看来，池莲子活得很充实、很坦然也很滋润，因为她经营好了自己的小家庭，尽享天伦之乐。这应该是一种幸福，并且还能孜孜不倦地为中荷两国的文化交流作些贡献，那是一种境界。

我收到过池莲子的一首小诗，题为《莲子自述》，"名为——莲子 / 出污泥而不染。/ 心为——莲心 / 苦涩，却可治他人之病。/ 甘于深底而无名 / 爱为山水增点青……"小诗不小，颇能反映池莲子的心态心声，故录此以飨读者。